btb

Ein Abendessen mit Freunden: eine einfache Quiche, eine Flasche Crémant, eine Blumenvase mit Feuerlilien. Spotify spielt *Women in Jazz*, die Freunde spielen ihre jeweiligen Rollen, in ihren Beziehungen, in ihrem Freundeskreis, als Vertreter ihres Milieus. Am dänischen Esstisch diskutieren sie die großen und kleinen Fragen unserer Zeit, verhandeln gegenwärtige Begriffe und Lebensentwürfe. Wie unterscheiden sie sich von ihren Eltern und Großeltern, wie von den früheren Versionen ihrer selbst?

Mit geistreichem Witz und psychologischem Scharfsinn entwirft Teresa Präauer ein Kammerspiel, das mit dem engen Rahmen von fünf Freunden beim Abendessen auskommt und doch ein ganzes Jahrhundert umspannt. Mit Rezepten zum Nachkochen wie die Quiche Lorraine oder auch nur für den Effekt wie die Flasche Heineken.

Teresa Präauer, geboren 1979, lebt als Autorin und bildende Künstlerin in Wien. Ihr Debütroman »Für den Herrscher aus Übersee« wurde mit dem aspekte-Literaturpreis ausgezeichnet, ihr Roman »Johnny und Jean« für den Preis der Leipziger Buchmesse nominiert. Für »Kochen im falschen Jahrhundert« gewann sie den Bremer Literaturpreis und wurde für den Deutschen Buchpreis, den Österreichischen Buchpreis und den Bayerischen Buchpreis nominiert. Teresa Präauer schreibt regelmäßig für Zeitungen und Magazine über Kunst, Literatur, Mode und Pop.

Teresa Präauer

Kochen im falschen Jahrhundert

Roman

btb

FSC
www.fsc.org
MIX
Papier | Fördert gute Waldnutzung
FSC® C014496

Penguin Random House Verlagsgruppe FSC® N001967

1. Auflage
Genehmigte Taschenbuchausgabe Oktober 2024
by btb Verlag in der Penguin Random House Verlagsgruppe,
Neumarkter Straße 28, 81673 München

Covergestaltung: Teresa Präauer und Wolfgang Gosch,
adaptiert für das Taschenbuch durch semper smile, München
unter Verwendung eines Motivs von © Teresa Präauer
Druck und Einband: GGP Media GmbH, Pößneck
AB · Herstellung: han
Printed in Germany
ISBN 978-3-442-77456-2

www.btb-verlag.de
www.facebook.com/penguinbuecher

Erinnerst du dich daran, wie du das erste Mal in deiner eigenen Wohnung, es war nicht mehr als ein Zimmer, etwas kochen wolltest und dir erst mittendrin aufgefallen ist, dass du noch Salz würdest kaufen müssen? Du besaßest nicht einmal einen Salzstreuer. Woran man nicht alles denken musste in einem Erwachsenenleben! Dein erstes Salz, wie würde es schmecken?

Wie sehr man am Anfang stand. Deine erste Tasse Kaffee, damals mit viel Zucker. Das erste Mal chinesisch essen mit Freunden. Deine Schwester schloss eine Wette ab, sie könne einen Teelöffel des roten Chilipulvers in den Mund stecken und auf einmal hinunterschlucken. Dein erster Freund, deine erste Capricciosa mit Artischocken, der Rotwein schmeckte euch beiden nicht. Ihr wart so jung, Coca-Cola wäre euch lieber gewesen.

Die erste Artischocke im Ganzen gekocht. In Rom, wo sonst? In einer kleinen Küche, die du dir mit fremden Menschen teilen musstest. Das Zusammenleben ist am Ende nicht mehr schön gewesen, aber anfangs eben doch.

Am Anfang war die Artischocke. Und eine Schüssel mit Salz, Pfeffer, Zitrone und Olivenöl vor dir

auf dem Tisch. Blatt für Blatt zupftest du von der großen Knolle ab, von außen nach innen, bis du ans Innerste kamst, zum köstlichen Artischockenherz und dem Boden, von dem man das sogenannte Heu hätte entfernen müssen. Es kitzelte und stach beim Hineinbeißen. Diese süße Bitterkeit! Du hast dir danach das Öl und die Zitrone von den Fingern geschleckt.
Deine erste Auster? Spät, du warst da schon Mitte dreißig. Hast den anderen dabei zugesehen, wie sie die kalkige Muschelschale an die Lippen setzten und das lebendige, glibberige Ding in den Mund gleiten ließen mitsamt dem Schluck Salzwasser aus dem Pazifik. Du hast es einfach nachgemacht. Du hattest dich an nichts gewöhnt in deinem Leben und warst hungrig auf jeden neuen Geschmack. Die Luft war kalt, die Sonne soeben im Begriff unterzugehen, das Licht rosa und blau. So etwas kann man nicht planen, und es lässt sich auch nicht wiederholen. In der Gruppe war eine Flasche Sancerre geordert worden, ihr standet im Freien auf dem berühmten Pike Place Market in Seattle. Der Abend war schön, und alles das keine Selbstverständlichkeit.
Das erste Salz? Natürlich schmeckte es salzig, rief die Gastgeberin und lachte.

250 g Mehl
125 g Butter
1 Ei

Es begann wie einer jener Abende, an denen man Gäste zu sich nach Hause eingeladen hat. Das Backrohr war vorgeheizt, der Salat vorbereitet im Kühlschrank, noch ohne Öl und Essig, auf dem Tisch standen Schüsseln mit salzigen Keksen und Nüssen. Auf große schwere Teller waren kleine Schüsseln platziert, daneben gefaltete Servietten und das Besteck in der richtigen Reihenfolge, rechts das Messer, links die Gabel. Oder beides auf der rechten Seite? Die Gastgeberin legte den Kopf schief und überlegte. Benötigten sie Löffel? Sie eilte vom Esszimmer in die Küche. Spannung und Vorfreude lagen, ja, in der Luft. Von draußen drangen Stimmen ins Zimmer, junge Menschen gut gelaunt vor dem Ausgehen, Spaziergänger mit ihren Hunden, das Rollen eines Skateboards über den Asphalt, das Vorbeifahren der nahen Stadtbahn. Ansonsten war es still, wie es nur an Sommerabenden still sein konnte.
Es kamen ein befreundetes Paar, das mittlerweile ein Ehepaar war, und, mit akademischer Verspätung, ein Freund aus der Schweiz, der seit vielen Jahren hier in der Stadt lebte. Jeder hatte eine Flasche Wein als Geschenk in der Hand, man klopfte sich pflichtschuldig die Schuhe vor der Tür ab und fragte mit stummem Blick auf die nassen Sohlen nach dem Anbehalten derselben. Die Gastgeberin nickte, Großzügigkeit und Lässigkeit bestimmten ihr Verhalten für die Dauer des Abends. Alle sollten sich

wohlfühlen. Ihr Partner hatte den Gästen die Jacken abgenommen und hängte sie auf Kleiderbügeln in die Garderobe. Die Gastgeberin lief, allen voran, barfuß ins Esszimmer.

Jazzmusik lief im Hintergrund. Auf Nachfrage erfuhr man, worum es sich handelte. Sechziger Jahre? Wayne Shorter oder John Coltrane? Man sprach von Platten, auch wenn man die Musik über einen digitalen Streamingdienst hörte, der die Titelauswahl automatisch übernommen hatte und immer ausgerechnet das spielte, was jeweils zur Stimmung passte. Die Playlist versammelte Jazz für Jazzliebhaber mit wenig Ahnung und viel Geschmack.

Vom Esszimmer aus ging es durch einen schmalen türlosen Durchgang in die Küche. Die Ehefrau, diese nun auch barfuß, tapste der Gastgeberin hinterher, der Ehemann hob entschuldigend die Arme und behielt seine Mokassins an. Teil des Outfits, sagte er lachend. Die Schuhe wirkten, wie alles an seiner Kleidung, ironisch gesetzt und dennoch elegant. Er hatte ein paar Mal im Leben über Mode nachgedacht, doch eine Leidenschaft war nicht daraus geworden.

Sie öffneten eine Flasche Crémant, prosteten einander zu, blieben in der Küche stehen und erzählten, was in den letzten Wochen, da sie sich nicht gesehen und gesprochen hatten, vorgefallen sei. Sowohl Angenehmes als auch Nebensächliches. Die freundliche Gastgeberin trug einen ärmellosen schwarzen Hosenanzug und ihre Haare hochgesteckt. Eine Baumwollschürze, grün-blau-gestreift, hatte sie im Nacken geknotet und um die Taille gebunden. Auf den schönen Abend, sagte der Ehemann zur Gastgeberin, wandte seinen Blick dann der Ehefrau und schließlich dem Partner der Gastgeberin zu, während man das Eintreffen des Schweizers erwartete, welcher nun auch schon im Treppenhaus stand. Alle vier wieder mit den Gläsern in der Hand der Reihe nach von der Küche durchs Esszimmer über den Flur zur Tür. Große Umarmung, drei Küsse, nicht zwei in der Schweiz.

Nun aber zurück in die Küche! Ein fünftes Glas musste aus dem Regal genommen werden. Ist das finnisch? Das Glas? *Iittala*, sagte die Gastgeberin. Prost, antworteten die Gäste. Schön, dass ihr da seid. Die Gastgeberin verschluckte sich während des Satzes, ihr Partner schlug ihr mit der flachen Hand auf den Rücken, um die Luftröhre freizumachen. Prost!

Die Gastgeberin hörte nicht nur Jazz gern, sondern auch Pop, Klassik und Neue Musik. John Cage, für die Dauer von vier Minuten dreiunddreißig einfach nur Stille verordnend. New Yorker Avantgarde aus der Mitte des letzten Jahrhunderts, warum nicht? Echte Neugier gepaart mit hoher Toleranz hatte nicht zuletzt das Horoskop aus dem Internet der

Gastgeberin für den Tag, die Woche und das Leben vorausgesagt. Fische würden außerdem zu Verletzlichkeit, zum Tagträumen und zu kritischem Denken neigen. An Sternzeichen wiederum glaubten Fische nicht.

Das Holzbrett, auf dem zuvor Gemüse geschnitten worden war, lehnte über dem Spülbecken, das große Küchenmesser stand zum Trocknen in einem Behälter aus Edelstahl. Die Ehefrau beteiligte sich nicht am Gespräch, sondern starrte zum Fenster hinaus. Im Haus gegenüber standen zwei Polizisten ebenfalls am Fenster und rauchten Zigaretten. Hatten sie der Ehefrau etwa zugewinkt? Als die aufmerksame Gastgeberin die Ehefrau wieder miteinbeziehen wollte, erschrak diese und wandte sich endlich der Gruppe zu. Nun seien alle wieder einmal versammelt! Die Ehefrau lachte und entschuldigte sich, nämlich für ihre mangelnde Aufmerksamkeit. Wie die Studentinnen, rief der Schweizer ausgelassen. Die Ehefrau sah ihn an und schüttelte den Kopf, war aber dennoch bereit, mitzulachen. Eine Studentin war sie schon lange nicht mehr.

Man unterhielt sich. Prost noch einmal, auf den schönen Abend, rief die Gastgeberin. Sie zeigte keine Scheu, Gesten und Sprüche zu wiederholen, solange sie dem gemeinschaftlichen Ritual dienten. Das Dave Brubeck Quartet spielte *Take Five*. Wollen wir uns setzen, fragte der Partner der Gastgeberin.

1 Zwiebel
1 Stange Porree
150 g Speck

War es wirklich so gewesen? Oder vielmehr so, dass das befreundete Paar, wieder einmal, zu spät gekommen war? Nicht nur die als höflich geltenden Minuten, sondern um mehr als eine halbe Stunde? Und dass hingegen der Schweizer Freund durchaus pünktlich eingetroffen war? Den Vergleich mit der Präzision eines Uhrwerks verkniffen sich die Gastgeberin und ihr Partner unter vier Augen nicht.
Als dem Gast geöffnet wurde, fragte dieser allerdings keineswegs nach Hausschuhen, sondern trat selbstbewusst ein, überreichte den Wein und steuerte direkt auf das Esszimmer zu. Er setzte sich und griff nach den Nüssen. Hungrig sei er, da er den ganzen Tag nichts anderes getan habe als Prüfungen abzunehmen. Das riecht schon gut, rief er, schob die Cracker auf seine Seite des Tisches und führte sie, einen nach dem anderen, rasch zum Mund.
Die Gastgeberin blieb im Raum stehen und öffnete eine Flasche Crémant. Aus dem Elsass, selbstverständlich. Sie warf einen prüfenden Blick, der dem Schweizer nicht entgehen sollte, auf das lavendelfarbene Etikett und füllte die Gläser. Danach setzte sie sich ebenfalls an den Tisch, strich ihre Schürze glatt und lockerte sie gleich darauf wieder. Sie stellte einen Fuß auf die Sitzfläche ihres Stuhls, legte den Kopf schief und hörte zu, wie sich ihr Partner und der Schweizer Freund, die sich noch nicht lange kannten, miteinander unterhielten. Die Gastgeberin

saß da wie auf einem Gemälde, bewusst platziert, sitzende Frau mit hochgezogenem Knie, ganz falsches Jahrhundert. Schöner Ausblick, schwärmte der Schweizer. Die Gastgeberin senkte den Blick und sah auf die Schürze hinunter. Die Kombination aus elegantem Overall und praktischen Kochutensilien versprach einen sinnlichen Abend. Der Schweizer, der vom Gebäude gegenüber gesprochen hatte, musste lachen. Du auch!
Auf der anderen Straßenseite, vom Esszimmer aus gesehen, lag eine der sogenannten Landespolizeidirektionen, ein imposantes Bauwerk im Stil der Jahrhundertwende mit weiß lackierten Gitterstäben vor den Fenstern. Die Wohnung der Gastgeberin lag im obersten Stock eines jener Altbauten, wie man sie in den bürgerlichen Vierteln dieser Stadt zahlreich finden konnte. Ein schmaler französischer Balkon, der sich kaum benutzen ließ, zeigte auf die Gasse hinaus, ein zweiter kleiner Balkon lag, wenn man die Tür am Ende des Badezimmers öffnete, auf der gegenüberliegenden Seite der Wohnung mit Blick in den Innenhof. Ein Netz war dort etwa auf Höhe des Daches über den Hof gespannt, um die Tauben davon abzuhalten, sich niederzulassen.
Der Himmel war an diesem Abend beinah ohne Wolken. Noch war es draußen hell, langsam würde es dämmrig werden. Die Gastgeberin stand auf, um Kerzen aus der Küche zu holen und auf den Tisch

zu stellen. Die Kerzenständer waren alte Fundstücke aus Messing und Silber. Sie zündete die Kerzen an und setzte sich. Das Wachs schmolz und tropfte auf den neuen dänischen Esstisch. Die Gastgeberin übte sich in Gelassenheit gegenüber den Wachstropfen, ließ sie fest werden und entfernte sie nicht. Ein Esstisch müsse schließlich vom Leben erzählen.

Alle drei prosteten einander überschwänglich zu und tranken den Crémant, während sie auf das sich verspätende Ehepaar warteten. Irgendwann hatten alle in diesem Freundeskreis begonnen, weder Champagner noch Sekt zu trinken, auch wenn es sich beim einen wie beim anderen um Schaumwein handelte, sondern immer nur Crémant. Der Wein, den man kaufte, war teurer als früher, als man die Preise an den Schildern im Supermarkt verglichen hatte, um ein paar Münzen zu sparen. Der Crémant dagegen wurde in großen Scheinen bezahlt oder bargeldlos.

Prost! Man erzählte einander nun, was in der letzten Zeit geschehen war. Es ging um Erledigungen vor dem Sommer und die angebliche Passivität der heutigen Studierenden, vor allem, führte der Schweizer im Detail aus, in Bezug auf das eigenständige Aufgeben eines gestelzten Durchdringens. Er musste husten, denn er hatte sich versprochen, und setzte neu an. Das eigenständige Durchdringen der gestelzten Aufgaben! Alle lachten. Sie sei damals als Studentin sehr eigenständig gewesen, sagte die Gastgeberin bestimmt. Der Schweizer lachte und hustete gleichzeitig. Die gestellten Aufgaben, rief er, jetzt hatte er es endlich über die Lippen gebracht. Schlag ihm mit der flachen Hand auf den Rücken, forderte die Gastgeberin ihren Partner auf. Dieser zögerte. Der Schweizer winkte ab.

Sie sei in ihrer Familie eine der ersten gewesen, die studiert haben, sagte die Gastgeberin. Eine kreative falsche Antwort, setzte der Schweizer seine Rede fort und ließ sich nicht unterbrechen, sei ihm lieber als dieses kritiklose Nachbeten des Stoffs. Kreativ, wiederholte die Gastgeberin, als hätte sie in eine rohe Zwiebel gebissen. Dies sollte kein Abend werden, an dem sie bloß zuhörte. Im Sinne von gestaltend, sagte ihr Partner in der Stimmlage eines höflichen Mediators. Mit eigenen Vorstellungen von der Welt, rief der Schweizer und hob dramatisch die Arme. Er sah dabei aus wie ein Klassenkämpfer. Gleich fielen seine Arme wieder herab und seine Finger suchten nach weiterem Salzgebäck.

Er trug ein dunkles T-Shirt, kurze Cargohosen und praktische Sandalen. Eine Haarlocke hatte sich soeben aus seiner Frisur gelöst und schwankte tollkühn auf der Höhe seines Kopfes. Eigene Vorstellungen von der Welt habe er sich als junger Mensch beim Lesen des internationalen Teils der bekannten

Schweizer Tageszeitung gemacht. Diese Zeitung könne man aber ohnehin nicht mehr lesen aus den bekannten Gründen. Der Partner der Gastgeberin sagte, er lese ausschließlich den *Guardian* und die *New York Times*. Am liebsten die Kreuzworträtsel und die Rezepte für verbrannten Blumenkohl.
Es gibt keine Utopien mehr, rief der Schweizer etwas zu laut und zu verzweifelt und schnappte sich den letzten Cracker aus der ersten Schüssel. Es klang wie ein paar Mal zu oft gesagt. Er zeigte wenig Scheu, Gesten und Sprüche zu wiederholen, solange sie der Bestätigung seiner Ansichten dienten. Miles Davis spielte *So What*. Ein weiteres Glas Crémant würde die Ermunterung zu weiterem Monologisieren bedeuten. Die Gastgeberin wollte kein Ausblick sein. Wann kämen bloß die restlichen Gäste?
Wo der Schweizer Freund denn den verdienten Sommerurlaub verbringen würde, versuchte der Partner der Gastgeberin das Thema zu wechseln und das Gespräch in eine weniger kulturpessimistische Richtung zu lenken. Und ob es schon Pläne für den Herbst gebe? Nichts als Prüfungen, sagte der Schweizer und fuhr fort, über das kommende Studienjahr zu lamentieren, ein Studienjahr ohne Utopien.
Bei ihren Eltern habe es keinen *Brockhaus* im Regal gegeben, setzte erneut die Gastgeberin an. Wohl aber hätten diese mit dem Aufkommen des Internets

und der darauf folgenden Einstellung des Vertriebs der gedruckten Enzyklopädie eine unvollständige Ausgabe desselben antiquarisch erworben. Der Partner der Gastgeberin lachte nun etwas zu laut, gemessen daran, dass die Gastgeberin keinen Witz erzählt hatte.

4 cl Campari
4 cl Vermouth Rosso

Man war mittlerweile heiter. Zwei Schüsseln Nüsse und Cracker waren aufgegessen, der Salat war im Kühlschrank geblieben. Den könne man jetzt aus der Tupperware nehmen und in die große Keramikschüssel geben, sagte die Gastgeberin.
Die Tupperware passte nicht zur Lässigkeit, die die neuen Kochbücher in ihren Bildern propagierten. Man trug beim Kochen verwaschene Leinenhemden, weite Jeans und Turbane aus bunten Tüchern, man ließ sich vor Quitten, Zitronen und Auberginen porträtieren, vor dicken Büscheln an Kräutern. Die gesamte Vorbereitung bestand niemals darin, dass man schwitzend mit vollem Einkaufswagen an der Supermarktkasse stand, vielmehr nahm man sich Zeit und ging auf den Markt oder den Basar. Dort kannte man die Händler beim Namen und testete ihre Produkte mit den Händen. Man verkostete eingelegte Oliven, getrocknete Maulbeeren und korsischen Käse.
Brauchst du Hilfe, fragte der Schweizer. Es klang nicht so, als würde er die Hilfe auch wirklich leisten wollen. Bleibt sitzen! Die Vinaigrette aus Senf, Olivenöl und Essig war bereits angerührt. Das vorgeheizte Backrohr hatte die Gastgeberin wieder etwas abkühlen lassen bei geschlossener Ofentür. Eine Quiche könne warten, das sei das Praktische daran. Ein klassisches Schweizer Gericht, rief der Schweizer Freund aus dem Esszimmer in Richtung Küche,

gefolgt von einem kräftigen Einatmen seinerseits, das dem Geruch von gebackener Quiche gelten sollte, während diese bedauerlicherweise noch ungebacken war.

Der Schweizer hatte es sich bequem gemacht. Unter dem Esstisch hatte er sich nun doch seiner Schuhe entledigt, kurze Söckchen mit der Aufschrift *Sport* waren zum Vorschein gekommen. Ihr raucht ja nicht mehr, sagte er und blieb sitzen. Vom Korrigieren der Abschlussarbeiten vor dem Sommer waren sie übergangslos zum Modern Jazz Quartet gekommen. Es lief die *Air* von Bach, und man hatte sich warmgeredet. Ein paar Mal war wieder das Wort Platte gefallen in Verbindung mit verschiedenen Jahreszahlen und der unvermeidlichen Nennung des Namens des Komponisten. Bach, hatte die Gastgeberin auszurufen sich hinreißen lassen. Bach! Bach hatte noch Utopien, hatte der Schweizer deklamiert. Der glaubte aber auch noch an Gott, hatte der Partner der Gastgeberin erwidert.

Dann wieder hatten sie über das Ausgehen gesprochen, das man nicht mehr so betreibe wie früher, als man jünger gewesen. Es mache nur Spaß, wenn man single wäre, hatte der Schweizer behauptet. Wo sind eigentlich die Frauen im Jazz, hatte die Gastgeberin daraufhin gefragt. Im Gegenteil, hatte der Partner der Gastgeberin dem Schweizer widersprochen, häufiger gehe man heute aus, nämlich in

die besseren Bars, wo es die besseren Drinks gebe und Live-Jazz. Der Partner der Gastgeberin begann von Mixgetränken zu schwärmen und trommelte mit den Fingern auf die Tischplatte. Der Cuba Libre in dieser American Bar in der Innenstadt, rief er. In seinen Ausführungen machte er, wie so oft, einen lebensbejahenden und großzügigen Eindruck. Seine Eltern hatten sehr wohl den *Brockhaus* zu Hause im Regal stehen gehabt, aber bis zum Schlagwort des Appetenz-Aversions-Konflikts war er beim Lesen nie gekommen. Das Leben hatte es gut mit ihm gemeint, und auch er meinte es gut mit dem Leben, das musste schließlich auf Gegenseitigkeit beruhen. Er konnte sich gleichzeitig für ein freies Kuba wie für den *American Way of Life* begeistern.
Der Schweizer drehte während des ganzen Gesprächs in seiner Hand die gelbe Zigarettenpackung der Marke *Parisienne*. Auf Deutsch, Französisch und Italienisch stand darauf als Warnung geschrieben, dass Rauchen tödlich sei. Hier klappte die innereuropäische Verständigung. Der linke Oberschenkel des Partners der Gastgeberin hüpfte mit den Liedern im Takt auf und ab. Er hatte sein Smartphone aus der Hosentasche gezogen und nach einer Liste von Jazzmusikerinnen im Internet gesucht. Sarah Vaughan, Ella Fitzgerald, Billie Holiday. Die Liste war zu lang, als dass man alle Namen hätte nennen können, und diese waren nur die bekann-

testen. Aber alle schon tot, *morte, perdues*, rief der Schweizer. Suche Jazzmusikerinnen, weiblich, einundzwanzigstes Jahrhundert, forderte die Gastgeberin ihren Partner auf, der die neuen Suchbegriffe in sein Smartphone tippte. Seit ein paar Jahren war die Gastgeberin mit ihrem Partner zusammen, der wiederum mit seinem Smartphone zusammen war. Der Schweizer hatte eine Freundin, konnte aber auch gut alleine sein. Er könne Mixgetränke überhaupt nicht leiden, wiederholte dieser, den Crémant aus dem Elsass würdigend, und hob sein Glas. Santé!

Als die verspäteten Gäste endlich an der Tür läuteten, hatten die Wartenden zu dritt die erste Flasche Crémant ausgetrunken. Die Gastgeberin erhob sich, der Partner der Gastgeberin und sein Smartphone folgten ihr, der Schweizer hinterher. Dem Ehepaar wurde die Tür geöffnet.

Da seid ihr ja!

4 cl Rum
4 cl Sodawasser
3 Teelöffel weißer Zucker
1 Limette
Minzblätter
Eiswürfel

Die beiden waren die Stiegen in den obersten Stock hinauf zu Fuß gelaufen. Die Ehefrau zog schon vor der Tür die Schuhe mit den flachen Absätzen aus, ganz außer Atem sei sie. Sie trug eine gemusterte Seidenbluse zur flattrigen Sommerhose, Brille und kaum Make-up. Der Ehemann hatte sich für helle Jeans entschieden und ein altes, nostalgisch wirkendes Hawaiihemd in den blassen Farben des Lebemanns, der er keineswegs war. Es sah eher so aus, als wäre es ihm unterlaufen im ruhevollen Zusammenspiel von Mann und Leben.
Der Ehemann wirkte tiefenentspannt. Als fügte sich alles für ihn und als könnte er sowohl mit Aufregung umgehen als auch mit Ereignislosigkeit. Mit stummem Blick deutete er auf die genoppten Sohlen seiner Sommerschuhe. Die Gastgeberin machte eine wegwerfende Geste und bat die beiden ins Esszimmer.
Eine Garderobe gab es strenggenommen nicht. Noch nicht, entschuldigte sich die Gastgeberin. Sie wohnte erst seit kurzem in dieser Wohnung und hatte weder Haken montiert noch einen Garderobenständer aufgestellt. Umzugskartons mit dem Schriftzug *Premium Bananas* stapelten sich an den Wänden. Die Gäste nahmen es mit Humor. Man warf die Jacken auf das schmale Fensterbrett im Flur, wo schon die schwarze Funktionsjacke des Schweizers lag. Feucht glänzten die Schuhabdrücke

des Ehemanns auf dem hellen Natursteinboden. Es musste in der Zwischenzeit geregnet haben. Die Gastgeberin übte sich in Gelassenheit. Ein Boden müsse schließlich vom Kommen und Gehen erzählen.

Auch der Schweizer hieß die Gäste willkommen, man begrüßte einander herzlich. Der Partner der Gastgeberin wies ihnen mit einer Handbewegung die Sitzplätze im Esszimmer zu. Der Schweizer nahm den kleinen Trubel zum Anlass, sich Richtung Balkon aufzumachen, um dort eine Zigarette zu rauchen. Ihr raucht ja alle nicht mehr, stellte er mit Blick auf die neuen Gäste mehr fest als dass er fragte. Gleich darauf hörte man ihn vom Balkon her fluchen und sich die Zigarette anzünden. Die Sportsocken waren atmungsaktiv, aber nicht wasserfest, und er hatte beim Queren des Flurs nasse Füße bekommen.

Die Ehefrau machte einen kurzen Abstecher ins Bad, um einen ernsten Blick in den Spiegel zu werfen. Zwischen ihren dichten Strähnen fanden sich einzelne weiße Haare. Sie riss rasch ein paar davon aus und folgte dann den anderen an den Tisch im Esszimmer. Der Schweizer fluchte wiederholt. Der Partner der Gastgeberin fühlte sich nun persönlich angesprochen. Er sprang auf, hechtete in die Küche, um ein Geschirrtuch zu holen, lief damit in den Flur und machte sich daran, die Wasserflecken vom Boden aufzuwischen. Die Gastgeberin sah ihm vom Esstisch aus dabei zu. Ausgerechnet das teure Geschirrtuch aus Kopenhagen hatte er zwischen die Finger bekommen. Das Oscar Peterson Trio spielte *Close Your Eyes*. Die Gastgeberin blieb gelassen, das kam vom vielen Üben.

Fische seien duldsam, eher würden sie ihre Aggression im Stillen pflegen. Widerstand äußere sich vielmehr im Streben nach Perfektionismus und einem Hang zu Wortklauberei. Man sagte hier übrigens auch nicht Flur, sondern Gang. Und das Wort Partner passte besser zu einer Arbeitsbeziehung als zu dem Liebespaar, das die Gastgeberin und ihr Freund darstellten. Wobei die Formulierung vom Liebespaar wiederum Gedankengänge zu eröffnen vermochte, die dem Vergleich mit der Realität einer Paarbeziehung nicht immer standhielten.

Die Gastgeberin beobachtete ihren Partner, wie er das Geschirrtuch aus Kopenhagen nass und zusammengeknüllt auf der geölten Oberfläche des dänischen Esstischs ablegte. Immerhin hatte er auf nationale Zugehörigkeit Rücksicht genommen. Dort blieb es liegen und wurde vergessen. Ein Wasserfleck in Form eines wehen Herzens würde sie später für immer daran erinnern.

Die Gastgeberin öffnete die zweite Flasche des Abends und machte sich daran, die Gläser der Gäste zu füllen. Die Ehefrau hielt schützend die flache

Hand über ihr Glas. Vorerst nur Wasser, sagte sie. Die Gastgeberin reichte ihr eine Karaffe. Die Ehefrau bewunderte die Schönheit ihrer Form. Die Gastgeberin bedankte sich. Die Karaffe, präzisierte die Ehefrau. Die Gastgeberin nickte. Die habe sie aus einem Laden in der Innenstadt. Man sage hier Geschäft und nicht Laden, sagte der Partner der Gastgeberin. Prost, riefen alle vier.

Die historische Substanz der Innenstadt war vor Jahren von einem Immobilienentwickler aufgekauft und entwickelt worden. Diese Form der Entwicklung war nicht zu verwechseln mit jener Entwicklungshilfe, die in den Ländern des globalen Südens geleistet wurde. Schön hast du es hier, sagte der Ehemann zur Gastgeberin und drehte den Kopf einmal um die eigene Achse. Dreihundertsechzig Grad, das war ein praktikables Feature für einen Ehemann, um den Überblick zu behalten. Cheers! War das Wort schön an jener Stelle lobend gesetzt, ironisch oder neidvoll?

In den Läden in der Innenstadt bekam man dasselbe wie in den übrigen Stadtvierteln, man musste aber doppelt soviel dafür bezahlen, um mit der Quittung eine Bestätigung des eigenen sozialen Aufstiegs oder der Verankerung in der gesellschaftlichen Elite zu erhalten. Die Ehefrau und die Gastgeberin verabredeten sich in der Innenstadt gern zum Kaffeetrinken oder auf einen Aperitif nach der Arbeit. Elite war ein so hässliches Wort, sollte man es nicht durch ein anderes ersetzen?

Der Partner der Gastgeberin arbeitete in der Innenstadt und verließ sie, um seinem Privatleben nachzugehen. Der Schweizer mied die Innenstadt, der sozialistische Klassenkampf wurde von den Außenbezirken kommend angeführt. Einmal im Jahr gedachte man der ideologischen Hoffnungen und politischen Entwicklungen aus dem letzten Jahrhundert und zog im Sternmarsch Richtung Rathaus.

1 Flasche Heineken für den Effekt

Das Esszimmer in der neuen Wohnung der Gastgeberin war kein Esszimmer im engeren Sinne. Es war vielmehr eine weite Mischung aus Arbeitsraum, Atelier und Wohnzimmer, ausgestattet mit Regalen voller Bücher. Ein Tischlerpaar hatte den Auftrag angenommen, die Regale zu bauen, ein befreundeter Architekt hatte sie gezeichnet nach den Vorstellungen der Gastgeberin. Die ganze Unternehmung hatte etwas sehr Erwachsenes gehabt.
Eine Bücherwand zu entwerfen für die eigene Wohnung! Für Romane und Erzählungen von A bis Z, Lyrik, Literaturtheorie, Wörterbücher. Bildende Kunst, Mode, Puppen, Masken. Die Gastgeberin interessierte sich für alles, womit sich kein Geld verdienen ließ. Tiere, Natur, Lexika über Mensch und Tier. Comics. Bücher über die Kultur Japans. Die Gastgeberin hatte nach Fertigstellung der Regale die Hälfte ihrer Bücher eingeräumt, die andere Hälfte war in den Bananenkisten geblieben oder in Stößen über den Boden im Esszimmer und im Flur verteilt. Dazu die Kochbücher, mahnende Zeugen des Scheiterns an geplanten Vorhaben. *Toppings: Das perfekte Finish für deine Lieblingsrezepte*. Es fiel ihr schwer, Projekte abzuschließen.
Seit wann seid ihr zurück, fragte jetzt der Ehemann, um die Konversation in Gang zu bringen. Der Partner der Gastgeberin erzählte daraufhin vom letzten Urlaub in Schweden, vom Schwimmen im kalten

Wasser, von den langen hellen Nächten im Sommer. Auf dem Fahrrad würde man täglich zum Strand fahren, bereits in Badehose und Bademantel. Er zeigte Fotos davon auf dem Smartphone in die Runde. Eiskalt sei das Wasser, sagte die Gastgeberin, und dass man aufpassen müsse, beim Schwimmen durch den starken Wellengang nicht an die Klippen getrieben zu werden.

Man könne am Hafen Krabben fischen. Sie hätten auch Garnelen und Krebse gegessen, der Alkohol sei bekanntermaßen aber sehr teuer. Der Partner der Gastgeberin schenkte sich selbst einen winzigen Schluck Crémant nach, trank ihn sogleich aus und schenkte einen weiteren Schluck nach. Auf vielen der Fotos sah man die beiden in ihren schwedischen Bademänteln beim Radfahren, Brötchenholen und auf dem Badesteg.

Seid ihr geflogen, fragte der Ehemann. Nach Kopenhagen, erklärte die Gastgeberin, und dann weiter mit dem Zug über die Brücke nach Schweden. Wir fliegen ja nicht mehr, proklamierte der Ehemann. Du fliegst nicht mehr, protestierte die Ehefrau. Nach Schweden, fragte die Gastgeberin. Generell, entschied der Ehemann. Man könne doch alles mit dem Zug erreichen. Eine grüne Gloriole erhellte, während er sprach, sein Haupthaar. Nach Singapur sind wir aber geflogen, widersprach ihm die Ehefrau.

In Schweden habe sie mit einem jungen Mann gesprochen, halb Singapurer, halb Brite, fiel da der Gastgeberin ein. Seine Teenager-Schwester habe die ganze Zeit über auf dem Sofa gelümmelt, während die Gastgeberin sich mit dem Bruder unterhalten habe. Die Schwester habe immer wieder von ihrem Smartphone aufgeblickt und gefragt: Wo fahren wir als nächstes hin? Sie habe Urlaubsziele im Internet ausgekundschaftet und, wie besessen, in regelmäßigen Abständen in die Runde gerufen: Malaysia. Santorini. Accra, Ghana. Togo. Marokko.
Der junge Mann habe von seiner Suche nach der eigenen Herkunft berichtet. Die Gastgeberin habe sich im Zuhören geübt. Er wolle verstehen, woher er komme, habe er im gepflegten Englisch eines Eton-Absolventen erklärt. Und dass er prinzipiell schon für Rede- und Pressefreiheit sei, aber ein autoritäres System im Gegensatz zur Demokratie eben mehr zu einer raschen wirtschaftlichen Entwicklung beitragen könne. Das gesagt, habe er seine Lippen an die Flaschenöffnung geführt und einen Schluck von seinem Heineken genommen. Es war so erfrischend!

1 belegtes Brot mit Schinken
1 belegtes Brot mit Ei

Dein Erwachsenenleben hattest du bis zu deinem vierzigsten Lebensjahr, bevor du ins bürgerliche Stadtviertel mit seinen hübschen Cafés und kleinen Läden übersiedelt bist, in sogenannten Substandardwohnungen zugebracht. Du hattest, wie viele deiner Freunde, in verschiedenen Städten in Studentenheimen und Wohngemeinschaften gewohnt. Du hattest dir einmal eine kleine Souterrainwohnung mit einer Kommilitonin geteilt, deren Fenster allesamt vom Bambus aus dem Vorgarten zugewachsen waren, ein anderes Mal zogst du zur Untermiete mit deinem damaligen Freund in eine winzige Altbauwohnung, aus deren Küche man durch ein Fenster auf das Dach steigen konnte, wo ihr ein aufblasbares Planschbecken aufgestellt hattet. Der Blick hinunter auf die Stadt war herrlich, man sah bis zum Rathaus und zu den Giebeln und zum Turm des Doms. Nur drei Monate später verkaufte der Besitzer diese Wohnung, und ihr beiden jungen Menschen musstet euch erneut auf die Suche begeben. Der Name des Immobilienentwicklers prangte in leuchtenden Buchstaben über den Dächern der Stadt.

Ihr besaßt damals einen großen Kochtopf für Spaghetti, einen kleinen Emailtopf für E-Mails, nein, für Gemüse und Reis. Altes Besteck, ein Brotmesser von Ikea, Gemüseschäler, ein kleines Sieb, ein großes Emailsieb vom Flohmarkt. Verschiedene neue Gläser, alte Kaffeetassen, einen Wasserkocher. Eine automatische Kaffeemaschine für Filterkaffee, ein abgenutztes Tee-Ei aus Messing. Tischtücher aus den Haushalten eurer Eltern, Feuerzeuge für das Anzünden der Herdplatten des Gasherds und für das Rauchen von Zigaretten, ein Stövchen zum Warmhalten von Tee. Einen Sack mit hundert Stück Teelichtern, kostengünstige Romantik für die, die Mitte zwanzig waren.

Dein Stolz war eine unvollständige Garnitur Lilienporzellan, pastellfarbene Tassen, Untertassen, Eierbecher, eine Teekanne, ein Milchkännchen, eine Zuckerdose. Du hattest das Geschirr von deinem Vater geschenkt bekommen zum Studienabschluss samt dem dazugehörigen Buch, das Abbildungen und Beschreibungen zu Produktion und Vermarktung seit den späten fünfziger Jahren enthielt.

Die Produktion von Lilienporzellan war Ende der neunziger Jahre des zwanzigsten Jahrhunderts eingestellt worden, seither waren die farbenfrohen Tassen beliebt in jungen Haushalten und teuer zu erstehen beim Antiquitätenhändler. Die Generation der Mütter konnte den Anblick von Lilienporzellan oft nicht ertragen, zu sehr war es verbunden mit Erinnerungen an die Nachkriegszeit, Armut, Biederkeit, Aufstiegswille, Wirtschaftswunder. Die Generation der Großmütter hatte ein paar wenige Stücke davon im Schrank stehen gehabt und sie bereitwillig an die Enkel weitergegeben, manches war auf den Flohmärkten gelandet, anderes im Abfall. Heute tranken die jungen Leute wieder ihren Kaffee daraus, bevor die Filterkaffeemaschinen durch Mokkakannen und Espressomaschinen ersetzt werden sollten, die später den Glaskaraffen für Drip Coffee und den Flaschen für Cold Brew weichen würden.

Es war der Anfang des neuen Jahrtausends. Selten habt ihr in dieser Zeit auswärts gegessen, gern aber seid ihr in ein heruntergekommenes Café gegangen, das Würstel mit Senf und Kren servierte, Nudelsuppe, weiche Eier und Schinkensemmeln. Junge Dame, junger Herr, nahm der kroatische Kellner eure Bestellung entgegen. Vom kleinen Bier riet er ab, das große sei im Verhältnis billiger. Stundenlang habt ihr in diesem Café die Tageszeitungen gelesen, während dort alte Männer Tischbillard gespielt haben, Schach oder Karten.

Alkohol hattet ihr kaum auf Vorrat zu Hause, eher seid ihr abends mit Freunden ausgegangen und habt dort Bier oder Weißwein, gespritzt mit Sodawasser, bestellt. Wenn ihr gekocht habt, waren es Eintöpfe aus Kartoffeln oder Reis, Nudeln mit Pesto aus dem Glas, oder es gab Brot mit Butter, Käse, Wurst und Essiggurkerln. Ein einziges Mal habt ihr gemeinsam einen großen Braten vorbereitet und zwei andere Pärchen zum Essen eingeladen. Das Mahl schmeckte unerwartet gut, bloß ist in diesen Tagen eine derart aufwendige Einladung so ungewöhnlich

gewesen, dass die Gäste bei der Vorspeise, dem Hauptgang und beim Dessert jeweils fragten, ob ihr beiden Gastgeber an jenem Abend etwa eure Verlobung bekanntgeben würdet.
Am Ende verabschiedeten sich die Gäste, sie wirkten beinah enttäuscht. Später trennte sich das junge Paar, man teilte den Hausrat auf, sofern es etwas aufzuteilen gab. Erinnerst du dich daran?

1 Packung Parisienne
1 Schachtel Streichhölzer

Seit man schöner wohnte, empfing man Gäste bei sich zu Hause. Die Gastgeberin wusste das, und sie musste noch üben. Die Auswahl der Weine für diesen Abend, der Weißwein gekühlt, der Rotwein im Esszimmer auf der Kommode platziert, wirkte hingegen routiniert. Eine hohe Vase mit frischen langstieligen Feuerlilien stand auf dem Fußboden. Bilder hingen an den Wänden, gemalt, gekauft, getauscht. Es handelte sich unverkennbar um Kunst. Ein auffallend großer und langer Esstisch befand sich in der Mitte des Raumes. Der Stil der Einrichtung war eklektisch, Flohmarktfunde wechselten sich ab mit einzelnen Designerstücken.
Der kleine Stadthallensessel von Roland Rainer, erklärte die Gastgeberin, und deutete auf den Stuhl, auf dem sie selbst saß. Er dürfe sich ja nicht darauf setzen, bedauerte der Partner der Gastgeberin. Weil er sich immer so fallen lasse, erwiderte die Gastgeberin. Sie hatte zwei der Stühle secondhand erstanden und dann selbst restauriert im Coworking-Space des Tischlerpaars. Man baue den Stuhl dabei komplett auseinander, schleife die Einzelteile ab, verdüble und verleime sie neu und öle sie am Ende ein. Schön, kommentierte der Ehemann. Wollte er mehr darüber wissen oder das Thema damit abschließen?
Fünfziger Jahre, konstatierte die Ehefrau mit Kennerblick. Man sage jetzt Mid-Century, spottete der Partner der Gastgeberin. Sie arbeite gern mit den

Händen und lerne durch das Auseinanderbauen etwas über Material und Konstruktion, berichtete die Gastgeberin. Die fünfziger Jahre würden nach Staub und Restauration klingen, Mid-Century hingegen nach Aufbruch und Moderne, witzelte der Partner der Gastgeberin.

Das Sprechen über Material und Sprache war unüberhörbar der Kitt ihrer Freundschaft. Es ließ sich über Rotwein genauso fachsimpeln wie über Kunst und Politik. So hatten sie vor zwei Jahrzehnten zueinander gefunden und waren, während andere Freundschaften verloren gegangen waren, aneinander kleben geblieben. Der Partner der Gastgeberin, neu hinzugekommen, mühte sich redlich. Er zeigte sich Neuem gegenüber aufgeschlossen. Schöne Bluse, stellte er fest. Auch sie ein Flohmarktfund, so die Ehefrau, die die Anwesenden nun aufforderte, das Material mit den Fingern zu prüfen. Schön, sagte der Ehemann. Viskose, sagte sie. Viskose sei keine Kunstfaser, sondern ein Hybrid aus Synthetik und Natur. Der Begriff Vintage war bereits abgegriffen. Das Wort Flohmarktfund wartete während der kleinen Materialkunde geduldig in der Ecke auf eine bessere Bezeichnung. Bis es so weit war, hatte eine kleine Spinne Zeit, ihr gewöhnliches Netz zu weben, das keineswegs das Internet war.

Das Internet war, auch nach Jahrzehnten, etwas Neues geblieben. Noch immer glänzten seine Benutzeroberflächen und funkelten seine Geräte. Es hatte *Digital Natives, Early Adopters* und Nachzügler hervorgebracht, und es hat andere für immer zurückgelassen. Sie waren ausgeschlossen von der Teilnahme an der sogenannten Gesellschaft, konnten keine Fahrkarten mehr kaufen, keine Flüge buchen, nicht ein Hotelzimmer reservieren oder ein Konto führen. Sie mussten ihr Leben im Wald zubringen.

Der Partner der Gastgeberin war durch seine Verbindung mit dem Smartphone immer auf dem neuesten Stand. Im Fall einer Katastrophe könnte er seinen Freunden mitteilen, dass er selbst in Sicherheit wäre. Das Internet, das sie alle benutzten, seit kurzem auch der Schweizer, war das übliche WLAN, man war ständig online. Vorbei die Zeiten, in denen man sich hatte einwählen müssen und eine Tonfolge ankündigte, dass der *Personal Computer* sich mit dem Internet verband. In denen man einmal pro Tag E-Mails geschrieben und empfangen hatte oder bunt blinkende, pixelige Websites kurz aufgerufen und schnell wieder geschlossen hatte. Am Ende des Monats war für die verbrauchten Minuten zu bezahlen, nicht für das Datenvolumen. Ach, wenn sie einander davon erzählten, lachten sie laut über das Vergehen der Zeit. So viele Minuten verbraucht in einem Leben!

Der Schweizer war dem Gespräch über Möbel und Internet ferngeblieben. Man hörte ihn auf dem kleinen Balkon mit seiner Freundin telefonieren. Er nutzte die Gelegenheit, ein paar weitere Zigaretten zu rauchen. Der Ehemann erhob sich mit seinem Glas in der Hand, um ihm auf dem Balkon Gesellschaft zu leisten. Er rauche ja nicht mehr, genieße es aber, dem Schweizer dabei zuzusehen. Nat King Cole interpretierte *Smoke Gets In Your Eyes*. Der Schweizer brach das Telefongespräch mit seiner Freundin ab, sie arbeite zu viel und verdiene zu wenig. Während er davon berichtete, aschte er immer wieder über das Balkongeländer ab. In seinen Ausführungen machte er den Neoliberalismus für die Allergien seiner Freundin verantwortlich, für die körperlichen wie psychischen Stresssymptome. Der Ehemann rauchte passiv mit und konnte dem Schweizer nur zustimmen.

Die Abendluft war klar und milde. Die beiden richteten ihren Blick in den Himmel, der vom Netz zur Taubenabwehr in zahllose kleine Quadrate geteilt war. Ein Helikopter mit der Aufschrift *Polizei* kreiste über den Dächern des Stadtviertels und verschwand nicht. In jüngster Zeit denke man bei jedem Alarm sofort an Terrorismus, bemerkte der Schweizer und lachte über sich und seine Ängste. Der Ehemann holte sein Smartphone aus der Hosentasche, suchte auf Twitter nach dem Einsatzgrund und fand ihn sofort. Klimaaktivisten, rief er. Sie haben sich auf der starkbefahrenen Stadtstraße auf den Asphalt geklebt, um den Verkehr aufzuhalten, las er vor. Es handelte sich dabei um die Parallelstraße zur Wohnung der Gastgeberin. Nun fliege der Helikopter über den Umweltschützern, dessen Name, jetzt lachte der Ehemann laut auf, Libelle sei. Wäre es nicht schön, würde der Streamingdienst jetzt das Vanguard Jazz Orchestra *Dragon Fly* spielen lassen? Machte der nimmermüde Algorithmus etwa Pause?

Es sei an der Zeit, zur Playlist *Women in Jazz* zu wechseln, sagte im Esszimmer der Partner der Gastgeberin pflichtschuldig. Bloß nicht Diana Krall, rief die Gastgeberin. Elvis Costello könne er aber gut leiden, hielt der Partner der Gastgeberin dagegen. Als würde die Fahrstuhlmusik ihres Ehemanns die Kaufhausmusik von Diana Krall erträglicher machen. Die Gastgeberin blieb gelassen. Früher war sie davon überzeugt gewesen, man müsse mit dem Partner einer Meinung sein, den Geschmack teilen, die politische Einstellung. Die Gastgeberin hatte von einem Mann geträumt, mit dem sie gemeinsam würde kochen können. Mit einem Glas Rotwein in der Hand. Cassandra Wilson besang die *Blue Skies.* Es gab so viele Songs mit diesem Titel auf dieser Welt, als wäre der Himmel immer blau.

Da läutete es an der Tür. Hast du noch jemanden eingeladen? Die Gastgeberin sprang auf. Die Polizei, flüsterte der Schweizer auf dem Balkon. Als die Gastgeberin die Tür öffnete, wurden die zwei auf dem Balkon still. Als wären sie Agenten, Spione oder

Verbrecher, die sich verstecken müssten, wenn unerwartet Besuch kam. Das Irrationale, der Schreck, das Stillhalten, der Alarmismus, die Bereitschaft zu Gewalt saß in den Knochen dieser Generation, als Erbe der Eltern, Großeltern und Urgroßeltern. Auch nach unzähligen Stunden Psychotherapie.

Vor der Tür stand freilich nicht die Polizei, sondern eine Frau in Jogginghosen, die sich als Nachbarin vorstellte. Man kannte sich nicht in den großen Wohnhäusern der Stadt. Jemand würde Zigarettenstummel von oben auf ihren Balkon werfen, beschwerte sie sich. Auf die Kräuter und die Blumen. Die Frau sprach ein perfektes Deutsch mit slawischem Akzent. Sie war verärgert. Minka sei bereits voller Aschepartikel. Der Gastgeberin streckte sie zum Beweis ihre Katze entgegen. Minka miaute. Ihr Fell war grau, die Gastgeberin konnte die Asche darin nicht ausmachen, nickte aber und entschuldigte sich viele Male.

Die Einladung zu einem Glas Crémant lehnte die Nachbarin ab. Sie verabschiedete sich und stapfte die Stufen zu ihrer Wohnung hinunter. Der internationale Dialog war damit bereits hausintern gescheitert. Soll ich lieber drinnen rauchen, hörte man den Schweizer vom Balkon her rufen. Diese Feuerlilien riechen aber sehr intensiv, beschwerte sich die Ehefrau mit Blick auf die Vase auf dem Boden. Billie Holiday ließ *Pennies from Heaven* regnen.

1 Schachtel feinster Pralinen, die sehr teuren, nicht die sehr billigen

In der Küche richtete die Gastgeberin den Salat an. Sie vermengte grünen Salat mit Radicchio, mischte Birnenstücke und vorgekochte Rote Bete darunter und streute Pekannüsse darüber. Man sagte hier übrigens nicht Rote Bete, sondern Rote Rübe, aber weder die überregionalen Kochbücher noch die Seiten des weltweiten Internets noch die multinationalen Hersteller konnten es sich leisten, Rücksicht zu nehmen auf die unterschiedlichen Varianten der deutschen Sprache.

Der Ehemann war vom Passivrauchen auf dem Balkon zur Gastgeberin in die Küche gekommen. Alles gut, fragte er, und legte der Gastgeberin seinen Arm um die Schulter, während sie die Vinaigrette über den Salat goss. Die Umarmung sollte freundschaftlich sein, fühlte sich aber zärtlich an und zu intim. Womöglich hatte die Vaterschaft das vielzitierte Kuschelhormon Oxytocin in seinem Gehirn produziert? Die Gastgeberin machte einen Schritt zur Seite, streckte sich und holte kleine Steingut-Schalen aus dem Küchenregal, außen grau und mattschwarz, innen in verschiedenen Farben glasiert.

Alles gut? Was sollte man auf solch eine Frage auch antworten? Sie drückte dem Ehemann fünf Schalen in die Hand. Er nahm sie entgegen und seine Schultern senkten sich sofort. Das Steingut sah schön aus und modern, aber es war auch überraschend schwer und dadurch unpraktisch. Letztlich ungeeignet für den täglichen Gebrauch. Die Generation der Mütter hätte die Gastgeberin vor dem Geschirrkauf warnen können, die Generation der Großmütter wiederum hätte weniger die Mühe gescheut als vielmehr die finanzielle Investition. Auch sie hätten zwischen Geschirr für den Alltag und für den Feiertag unterschieden.

Und wieder handelte es sich um dänisches Design. Der dänische Koch hatte dem dänischen Keramiker und dessen Keramikervater das Design geklaut, ließ die Produkte in China herstellen und verkaufte sie unter seinem Markennamen über ein globales Warenhausunternehmen. Die Gastgeberin hatte erst nach dem Erwerb des gesamten zweiunddreißigteiligen Sets über den Plagiatsfall zufällig im Internet gelesen, indem sie sich die dänischen Websites ins Deutsche hatte übersetzen lassen. Dafür benötigte sie keinen Dolmetscher und keine Übersetzerin, das ging automatisch.

In eine weitere Schale gab sie einen Gupf Ziegenfrischkäse, goss etwas Olivenöl darüber und schmückte ihn mit rotem Pfeffer. Dem Ehemann folgte sie damit und mit der Salatschüssel ins Esszimmer, wo die Ehefrau sich mit dem Partner der Gastgeberin weiterhin über Schweden unterhalten hatte. Jeder möge sich nach Belieben vom Käse nehmen und den Salat damit dekorieren, sagte die Gastgeberin. Dekorieren, fragte der Partner der Gastgeberin

und machte ein Gesicht, als hätte diesmal er in eine rohe Zwiebel gebissen. Sie strafte ihn mit strengem Blick. Ella sang *All The Things You Are*.
Im Zuge des häuslichen Gebarens griff man noch immer auf ein Reservoir an alten Rollenbildern zurück. Dabei hatten sowohl das Horoskop als auch die historische Epoche der Gastgeberin für ihr Leben doch Freiheit versprochen, resultierend aus einer Befreiung von den einschränkenden Mustern traditionellen Verhaltens. Weder war es folglich die Aufgabe der Frau, den Mann zu tadeln, noch war es die Aufgabe des Mannes, die Frau kleinzumachen. Überhaupt gab es an diesem Ort und zu jener Zeit keinerlei Gebot, sich an überlieferte Modelle zu halten. Sie hatten alle Möglichkeiten.
Hatten sie alle Möglichkeiten? Die Konzepte der Theorie pfiffen durch die Luft und wirbelten die Feuilletons der internationalen Zeitungen auf, während man sich auf dem Boden als Paar an der Praxis versuchte und schund. Die Ehefrau zwinkerte dem Ehemann zu. Der Partner der Gastgeberin nahm sich vom Salat eine Portion. Er dekorierte den Salat in seiner Schale mit einem Esslöffel Ziegenfrischkäse. Die Gastgeberin beobachtete ihn dabei. Es war zu erwarten, dass er patzte. Und es war nicht ihre Aufgabe, sich darum zu kümmern. Der mögliche Fleck auf seinem Hemd war sein Fleck. Die Freiheit des Menschen bestand auch darin, dem jeweils

anderen seinen Fleck zu lassen. Die Verantwortung bestand dabei auch darin, mit dem je eigenen Fleck allein zu sein. Dieses Alleinsein zu ertragen. In der vorauseilenden, selbstgewählten Zuständigkeit für die Entfernung des Flecks steckte bereits der Anfang der Rollenverteilung zwischen den Geschlechtern. Jedem sein Fleck in der Form eines wehen Herzens, auch in der Paarbeziehung!
Waren die Gastgeberin und ihr Partner nach wie vor ein Liebespaar? Oder waren sie im Alltag ein ganz gewöhnliches Paar geworden, auch wenn sie gemeinsam weder Haus noch Konto noch Kinder hatten? Wie hoch bemaß sich ihr jeweiliger Sexualhormonstatus? Für all diese Fragen gab es mit dem Internet einen Ort, an dem sie beantwortet wurden. Während das Paar lediglich den Tag nutzte, würde das Liebespaar den Moment sinnlich genießen, sagte die Online-Beratung. Während das Paar am nächsten Morgen den Tisch im Esszimmer aufräumte, würde das Liebespaar die Nacht durchfeiern. Wann waren sie zuletzt wach geblieben, die ganze Nacht, hatten, wie Jean Harlow, zwischen Orchideen geweint oder gelacht?
Das Horoskop hatte der Gastgeberin in Bezug auf ihr Sternzeichen jedenfalls anderes versprochen als Abwaschen und Aufräumen. Aufregung, Begehren und Begehrtwerden! Blumen und Pralinen. Unterwäsche und Schmuck, in dieser Reihenfolge. Es

waren die unerfüllten Wünsche der Generation der Mütter, Großmütter und Urgroßmütter. Selbstverständlich gab es in allen Generationen Ausnahmen. Frauen, die diese Art von Wünschen keineswegs hegten. Frauen, die diese Geschenke sehr wohl erhalten hatten. Frauen, die gar keine Zeit und Möglichkeit gehabt hatten, Wünsche zu formulieren. Die Gastgeberin glaubte nicht an Sternzeichen und hegte ein höchst ambivalentes Verhältnis zu Wünschen. Steckte nicht schon in diesem Wünschen die ganze Passivität des Empfangens? Das Orchester von Perry Botkin junior spielte die besänftigende Melodie von *Hold Your Man*. Auch das fand sich in der Playlist *Women in Jazz*.

Der Partner der Gastgeberin schenkte denen, die wollten, Crémant nach. Man prostete einander zum wiederholten Male zu und aß Salat. Die Ehefrau klaubte mit der Gabel die Pekannüsse aus dem Salat, den Schweizer hörte man vom Balkon her ins Smartphone rufen, dass er zu den anderen zurückmüsse. Der Ehemann nahm sich eine gute Portion vom Frischkäse, der Partner der Gastgeberin bot der Ehefrau an, ihre Pekannüsse zu übernehmen. Die Ehefrau fragte die Gastgeberin, ob sie die Feuerlilien in den Flur stellen dürfe, stand, ohne die Antwort abzuwarten, vom Stuhl auf, nahm die Vase, verließ damit das Esszimmer, kam mit leeren Händen zurück und setzte sich wieder.

In Schweden, nahm die Gastgeberin den Gesprächsfaden wieder auf, habe sie nun endlich Hugh Grant gesehen. Man wisse, erklärte ihr Partner, dass er nach den Championships in Wimbledon immer in sein Sommerhaus nach Südschweden komme. Hugh Grant, rief die Ehefrau ironisch und doch verzückt. Der sehe doch mittlerweile aus wie eine alte Frau, meckerte der Ehemann. War er eifersüchtig auf Hugh Grant? Aber doch eine fesche alte Frau, lachte die Gastgeberin. Jedenfalls sei er ihr auf dem Weg über die Strandwiesen entgegengekommen. Er sei allein gewesen, habe einen dunkelblauen Bademantel mit Stick-Emblem getragen und eine riesengroße Sonnenbrille. Graues Haar, fragte die Ehefrau. Braun gefärbt, sagte die Gastgeberin. Weit und breit sei außer ihnen sonst niemand da gewesen, nur Gestrüpp, Dornen, Thymian und Wacholder. Und ihr, fragte der Ehemann. Wir sind aneinander vorbeigegangen, sagte die Gastgeberin. Das war alles, wollte der Ehemann genauer wissen. Ich gehe einfach an ihm vorbei, habe sie sich zuerst gedacht, erzählte die Gastgeberin. Aber dann habe Hugh *hej* gesagt. *Hej*, fragte die Ehefrau. Ja. Und du? Ich habe auch *hej* gesagt. Großartig, rief die Ehefrau. Das war's, sagte die Gastgeberin. Ich hasse Hugh Grant, rief der Schweizer vom Balkon aus, auf halbem Weg zurück Richtung Esszimmer. Selbst in belanglosen Dingen zeigte er sich meinungsstark.

Der Schweizer kam mit der rauchenden Zigarette vom Balkon zurück und hielt unter die linke wie ein Schüsselchen seine rechte Hand, in der er die Zigarettenasche gesammelt hatte. Gibt es einen Aschenbecher, rief er aus dem Flur, wobei sich im Gehen die Asche bereits zu einer Wolke geformt hatte, die eine Spur zog. Der Partner der Gastgeberin entsann sich des beinah wieder trockenen Kopenhagener Geschirrtuchs auf dem Esstisch, schnappte dasselbe, sprang auf und dem Schweizer entgegen. Dieser wich daraufhin erschrocken zurück, die Ehefrau stieß einen knappen Warnschrei aus, der Schweizer schlug mit der linken Hand gegen den Türstock zwischen Flur und Esszimmer und verlor dabei die brennende Zigarette. Der Partner der Gastgeberin fasste jetzt mitsamt dem Geschirrtuch in die kleine Glut, um den Holzparkettboden zu schützen. *Hej*, rief die Gastgeberin laut. Da erhob sich der Ehemann und wollte den beiden zu Hilfe kommen, als die Ehefrau ihn zurückdirigierte, um selbst in die Küche zu laufen, Wasser in ein finnisches Weinglas der Marke *Iittala* zu füllen, zurückzueilen und das Glas Wasser über das Geschirrtuch zu leeren, in das die Zigarette mittlerweile ein Loch gebrannt hatte. Kein großes Loch, bloß so, dass man den Finger durchstecken konnte wie einen Pfeil durch ein wehes Herz. Erledigt.

Nun folgten vier Minuten dreiunddreißig, in welchen sich alle in Ruhe wieder auf ihren Sitzplätzen

einfinden konnten. Als sie saßen, sagte der Partner der Gastgeberin betont ruhig: Alles gut. Wieso sagten die Menschen in letzter Zeit so gern alles gut? Wieso fragten sie: Alles gut? Wieso lautete die Reaktion auf Fragen, Wünsche und Aggression stets: Alles gut? Wo doch eigentlich sehr wenig einfach gut war, fast gar nichts. Was ist alles nicht gut, das wäre die Frage, die man stellen könnte. Oh, sorry, sagte der Schweizer dann. *Äxgüsi.* Es läge an seiner Unterzuckerung und am Kapitalismus.
Alles gut? Nur eine Quiche war gut. Knusprig, cremig, warm und kalorienreich. Der Geschmack von Schinken, Zwiebel, Porree und Ei. Eine Quiche, die zuerst noch gebacken werden musste.

1 Kiste Crémant d'Alsace

Der Partner der Gastgeberin hatte die Pekannüsse der Ehefrau vernascht. Sie hatte ihm ihren Teller, etwas zu intim, unter die Nase gehalten, als würde sie Geschenke verteilen. Der Schweizer hatte nach einem langen Arbeitstag endlich etwas zu essen bekommen, es schmeckte ihm hervorragend. Als er aufgegessen hatte, sah er zum Ehepaar hinüber und fragte, wo sie denn eigentlich so lange geblieben seien an diesem Abend. Die Gastgeberin und ihr Partner nickten. Wir haben auf euch gewartet.

Das Ehepaar entschuldigte sein Zuspätkommen mit einem zu früh angesetzten Aufbruch von Zuhause, weshalb man beschlossen habe, auf dem Weg einen Aperitif zu nehmen in der Innenstadt. Dort habe man in einer Bar zwei amerikanische Touristen kennengelernt, mit denen man sich schnell angefreundet habe. Gleich angefreundet, wiederholte der Partner der Gastgeberin ungläubig.

Dann habe sich das Gespräch aber in eine Richtung entwickelt, räumte der Ehemann mit betroffener Stimme ein, die das Ehepaar wirklich nicht goutiere. Das Goutieren erinnere sie an die Quiche, die gleich in den Ofen müsse, rief die Gastgeberin betont fröhlich. Mmmh, summte der Schweizer, während er mit der Hand auf seinen Knien das Kopenhagener Geschirrtuch mit dem schmerzenden Brandloch streichelte. Sprich für dich, forderte die Ehefrau ihren Mann auf, ohne dabei unfreundlich zu klingen. Wir

waren diesbezüglich einer Meinung, antwortete der Ehemann, und klang dabei nicht freundlich.
Es habe damit angefangen, dass die Amerikaner mit Sorge über die *Refugees in Europe* gesprochen hätten. Man sei sich einig gewesen, bis sich allerdings herausgestellt habe, dass die Amerikaner weniger über die Kriege in den Herkunftsländern beunruhigt waren als über die Ankunft der davon betroffenen Menschen in den Zufluchtsorten. Dabei seien die Amerikaner selbst stolz gewesen auf ihre böhmischen oder mährischen Wurzeln in dritter Generation. Die im Folgenden geäußerten politischen Ansichten des Touristenpaars jedenfalls hätten der transatlantischen Freundschaft jäh ein Ende gesetzt. Alles werde schneller, ätzte der Schweizer. Der Partner der Gastgeberin lachte laut auf. Der Ehemann sah ihn vorwurfsvoll an.
Sie habe schon auch zugeben müssen, gestand die Ehefrau, dass sie selbst niemanden habe bei sich aufnehmen können. Es sei doch keineswegs um das persönliche Engagement im Detail gegangen, korrigierte der Ehemann sie, sondern um die politische Einstellung allgemein. Sie habe eine Deutschstunde erteilt und einige Anrufe getätigt, berichtete die Ehefrau, davon abgesehen sei sie aber tatenlos geblieben. Statt jedes Mal beim Nachrichtenhören zu weinen, sei es besser, Geld zu spenden, insistierte der Ehemann. Sie sei, auch wenn das abgeschmackt

klinge, so die Ehefrau, zumindest freundlich zu ihrer Putzfrau und habe das Wort Danke in deren Sprache gelernt. Auch darüber hatten sie mit den Amerikanern in der Bar gesprochen. Die Amerikaner hatten erzählt, wenn sie reisten, würden sie sich informieren, was man im jeweiligen Land bestellen solle und wieviel Trinkgeld man gebe. Dies würden sie auch von allen anderen erwarten.

Bis zu dieser Wendung im Gespräch war die Einladung zum Abendessen bei der Gastgeberin auch beinah vergessen gewesen. Wiewohl sie die Flasche Rotwein, sagte die Ehefrau, die ganze Zeit über mitgeschleppt habe. Sie betonte das, als müsse man sich für ihren Aufwand bedanken, und hob dabei die Tasche vom Boden auf, um sie den Anwesenden vorzuführen. Vivienne Westwood, stellte die Gastgeberin ohne einen Anflug von Neid fest. Wo, schrak der Partner der Gastgeberin auf, als stünde die Designerin als punkiger Geist leibhaftig vor ihm. Aus dieser Boutique in der Innenstadt, verriet die Ehefrau.

Der Ehemann hatte sich Crémant nachgeschenkt und war nicht mehr ganz so ruhig, wie man ihn kannte. Es sei jedem unbenommen, aber es seien Begriffe verwendet worden, die ein Fortsetzen der Diskussion verunmöglicht hätten. Er sagte verunmöglicht, ließ aber aus, was jedem unbenommen sei. Nina Simones tiefe Stimme hörte man dazu singen: *Don't Explain*. Der Ehemann hatte in der Aufregung auch Diskurs statt Diskussion gesagt. Aber wer wollte an einem Abend wie diesem mit dem Narrativ, gemeint war die Narration, allzu streng sein? Das war nicht die Aufgabe der Gastgeberin. Sie übte sich in Geduld, zeigte weiterhin Großzügigkeit und Humor und nahm einen großen Schluck vom Crémant. Es handelte sich um die dritte Flasche. Wir diskutieren über die Wörter und Begriffe und bleiben doch hilflos und tatenlos, sagte die Ehefrau im aufklärerischen Licht der Selbsterkenntnis, die im Weiteren ebenfalls zu nichts führte. Traurigkeit umspielte ihre blassen, schönen Lippen.

Dass der Streit über die Begriffe das Handeln ersetzt habe, sei eine Behauptung, mit der es sich manche zu leicht machten, verbat sich der Partner der Gastgeberin derlei Ergriffenheit. Mit Worten werde immerhin politisch Stimmung gemacht, brachte der Ehemann dagegen vor. Es gehe wohl nicht darum, dass man sofort in Aktionismus verfallen müsse. Sein Ton war bestimmt, und seine Timeline füllte sich nach und nach mit roten Wut-Smileys. Die Gastgeberin bekam eine Ahnung davon, wie der Abend in der Innenstadtbar verlaufen sein musste, bis das Ehepaar aufgebrochen war. Sie beschloss, ihr Bild vom Ehemann als dem entspannten Lebemann sofort einem Update zu unterziehen.

Da wandte der Schweizer ein, im Englischen würden diese und jene Begriffe etwas anderes bedeuten als im Deutschen. Man denke nur an *Race* versus Rasse, unter Anführungszeichen, an *Sex* versus Geschlecht, an *Sex* versus Sex. Sex, hauchte die Ehefrau gespielt sexy über den Tisch und legte den Kopf in die Hand ihres aufgestützten Arms. Ihr war stets daran gelegen, die Laune allseits zu heben. Oder auch Jazz, sagte der Partner der Gastgeberin, der nebenbei googelte. Jazz, fragte der Ehemann ungläubig. Die einen würden den Begriff als abwertend ansehen, die anderen verstünden darunter eine Art von Empowerment, erklärte die Ehefrau. Unter Sex, fragte der Ehemann. Unter dem Begriff Jazz, antwortete die Ehefrau.

Alle sagen jetzt Empowerment, beschwerte sich daraufhin der Schweizer. Ermächtigung, übersetzte die Gastgeberin, klinge zu übergriffig, aus demselben Grund spreche man ja auch von Leadership. Weil der Führer etwa übergriffig war, fragte die Ehefrau belustigt. Sie hatte ganz offensichtlich zwei Begriffe aus zwei verschiedenen Jahrhunderten und aus zwei unterschiedlichen Kontexten so vermischt, dass sich daraus der Witz dieser Frage ergab. Der Schweizer fand das trotzdem nicht komisch und bekundete dies auch. Die Ehefrau berührte sanft seine Schulter.

Genremäßig sei Jazz zu breit gefächert, setzte jetzt der Partner der Gastgeberin neu an. Angela Davis, las er vor, sehe im Jazz überhaupt die Zukunft der Demokratie. Verkürzt dargestellt, räumte die Gastgeberin ein. Na dann, sagte der Ehemann trotzig. Die habe doch wirklich noch Utopien, rief der Schweizer. Sie benötige Utopien, wandte die Ehefrau streng ein, das sei ein Unterschied.

Dennoch, insistierte der Ehemann und brach wieder ab, um einen Schluck vom Crémant zu nehmen und sich mit der linken Hand durchs volle Haar zu fahren. Er wirkte ein wenig betrunken. Ein goldenes Kettchen, das er ums schlanke Handgelenk trug, blitzte bei dieser Bewegung auf, als es den Schein der Kerzen reflektierte. Seit einigen Jahren war es üblich geworden, auch in sogenannten urbanen gebildeten Kreisen die modischen Insignien des Rap und des Hip-Hop zu tragen. Cheers, rief die Ehefrau und hob ihr Glas. *Mein Herz wollte Freiheit*, rief sie, um rasch einen Titel von Angela Davis zu zitieren, während sich ihr sehnsüchtiger Blick im gelben Schein der Kerzen verfing.

Kerzen tropften übrigens weniger, wenn man sie in Salzwasser einlege und trockne oder sie für ein paar Stunden ins Gefrierfach gebe, sagte sie dann, wieder gefasst, zur Gastgeberin. Im Gefrierfach würden sie auch seltener brennen, scherzte der Schweizer. Die Ehefrau fand das nicht komisch und bekundete dies auch. Man prostete einander zu. Der Ehemann ließ ab von der Fortsetzung seines Berichts aus der Bar in der Innenstadt. Schließlich sei man nun endlich zusammengekommen, um im Hause der Gastgeberin gemeinsam zu essen, zu trinken und zu feiern. Was wird eigentlich gefeiert, fragte der Schweizer. Mein neuer dänischer Esstisch, erwiderte die Gastgeberin trocken.

Die Ehefrau nahm endlich die mitgeschleppte Flasche Rotwein und ihr Smartphone aus der Vivienne-Westwood-Tasche und forderte die Runde auf, für ein Foto erneut die Gläser zu heben und Cheers zu rufen. Früher sagte man Prost, heute heiße es Cheers, sagte der Schweizer. Cheers, sagte der Partner der Gastgeberin, um den Gästen, insbesondere der Ehefrau, das Gefühl zu geben, willkommen zu sein. Sie streckte den Arm weit von sich, hielt ihr Smartphone in die Höhe, legte den Kopf schief und presste die Lippen zu einem Lächeln, das ihrer Kamera galt. Ich poste es, ja, fragte sie, mehr der Form halber, und alle nickten, da sie im einen Fall bereits ausreichend angeheitert waren für den Gang an die mediale Öffentlichkeit und im anderen Fall keine schlechte Stimmung verbreiten wollten.

Es ergab sich ein gemeinsamer Selfie-Moment, leichtherzig und ohne Misstrauen. Erinnert ihr euch an das Oscar-Selfie aus dem Jahr 2014? Ellen DeGeneres war da noch die sympathische Entertainerin, Kevin Spacey der gefeierte Hauptdarsteller in *House of Cards*, Angelina Jolie war noch mit Brad

Pitt zusammen, mit dem sie sechs Kinder hat, darunter eines aus Kambodscha, eines aus Vietnam und eines aus Äthiopien. Auch die Gastgeberin blickte jetzt fröhlich in die Kamera. Auch sie rief laut Cheers. Niemand musste aus diesem Foto entfernt werden.

Das Bild des laufenden Abends erschien auf den üblichen Social-Media-Kanälen mitsamt der namentlichen Markierung der fünf anwesenden Personen, versehen mit *Hashtags* wie *Dinnerparty*, *Homecooking* und *Friends*. Durch einen digitalen Filter war das Foto rosa gefärbt, alle Gäste trugen, anders als an jenem Abend, einen üppigen Haarkranz aus Blumen. Die Rotweinflasche, die das Ehepaar mitgebracht hatte, stand ungeöffnet auf dem Tisch und war durch sogenanntes *Taggen* mit dem Namen eines lokalen Weinhändlers verlinkt.

Sodawasser
1 Orange
Eiswürfel

Sag, wie geht es euch, fragte die Ehefrau den Schweizer, der alle herzlich grüßen ließ von seiner Freundin, die wegen eines baldigen Abgabetermins, vielmehr zweier Abgabetermine, an diesem Abend nicht dabei sein könne. Schade. Ja, sehr schade. Nächstes Mal! Ganz bestimmt. Aber jetzt erzählt einmal ihr, forderte der Schweizer die übrigen Gäste auf.
Das Ehepaar erzählte von seinem Säugling, der den Abend über bei den Großeltern untergebracht sei. Die Großeltern könnten jederzeit anrufen, sagte die Ehefrau und warf einen Blick auf ihr Smartphone. Sie fuhr mit dem Zeigefinger ein paar Mal rasch von unten nach oben, und legte es dann wieder auf den Tisch. Ihre Fingernägel waren in blassem Lila gestrichen mit schillerndem Überlack. Die Drogeriemarktkette habe ihn als *Topcoat* der Saison verkauft.
Die Gastgeberin ging in die Küche, um den vorbereiteten Quicheboden ins Backrohr zu schieben. Blindbacken, las sie im Internet das Rezept nach, das sie ohnehin auswendig kannte, bevor die Füllung aus Ei, Speck und Sahne dann auf den Teigboden gestrichen werden konnte. Sie schloss kurz und fest die Augen und öffnete sie dann wieder. Das Foto des laufenden Abends blinkte in ihrer Timeline auf und wirkte da schon wie ein Souvenir aus der Vergangenheit. Sie klickte auf die Produktmarkierung des Weinhändlers und pfiff leise durch die

Zähne. Der Preis für eine Flasche war höher, als sie angenommen hatte. Julie London sehnte sich in einem Song von Henry Mancini nach *The Days Of Wine And Roses*. Die Gastgeberin summte mit.
Man sagte hier übrigens nicht Sahne, sondern Schlagobers oder Rahm. Man sagte seltener Porree, dafür häufiger Lauch. Einen Lauch nannte man neuerdings auch einen jungen Mann, dessen Körper nicht vom Training im Fitnessstudio aufgepumpt war. Im Fitnessstudio sagte man nicht aufgepumpt, sondern definiert.
Der Partner der Gastgeberin kam in die Küche, hängte das Kopenhagener Geschirrtuch mit dem Brandloch an den dafür vorgesehenen Haken und bot seine Hilfe bei der Vorbereitung der Quiche an. Die Gastgeberin drehte den Temperaturregler höher und spiegelte sich dabei im Glas des Elektrobackofens. Ob sie wieder beginnen solle, ins Fitnessstudio zu gehen, fragte sie ihren Partner, während sie den langen Porree in Stücke schnitt. Objektiv betrachtet hatte die Gastgeberin keinen Grund, sich Gedanken über ihre Figur zu machen, subjektiv sah sie Gründe, dies doch zu tun. Ich unterstütze jede Art von Sport, sagte der Partner der Gastgeberin, lächelte aufmunternd und ohne seiner Aussage eine missgünstige Bedeutung zu verleihen. Er stellte eine vierte Flasche Crémant ins Tiefkühlfach, um sie möglichst rasch zu kühlen, und ging zurück ins Esszimmer. Der Körper

der Frau war in seiner Bewertung gekoppelt an das Steigen und Sinken des Wirtschaftswachstums. Das Körpergewicht der Frauen betreffend war es in der Generation der Großmütter von Bedeutung gewesen, nicht zu schmal zu sein, in der Generation der Mütter hingegen, nicht zu dick zu sein.

Den Boden für die Quiche hatte die Gastgeberin am Vortag bereits vorbereitet, um am selben Tag nicht in den Stress der offensichtlich Ungeübten zu geraten. Sie hatte Mehl auf die Arbeitsplatte aus Stein gestreut, eine kleine Mulde gebildet, ein Ei hineingeschlagen, eine Prise Salz darüber, und begonnen, Butter in Stücke zu schneiden. Die Butter hatte sie zuvor im Kühlschrank für einige Zeit auf das unterste Regal gelegt, wo es am kältesten war. Das Ei hatte sie aufgeschlagen, so wie sie noch jedes Mal eine kindische Freude daran gehabt hatte, eines aufzuschlagen. In nur einer Hand und mit viel Schwung an eine Kante gestoßen, war es entzweigesprungen. Dann hatte alles schnell verknetet werden müssen, ohne dass die Butter allzu warm würde, eine Kugel aus dem Teig geformt, mit Frischhaltefolie bedeckt und im Kühlschrank aufbewahrt. Die klebrigen Finger hatte sie sich nicht an der Schürze abgewischt, sondern ausgiebig mit Seife und Wasser gewaschen. Die Gäste am nächsten Tag würden sich freuen über eine Quiche Lorraine aus selbstgemachtem Mürbteig, hatte sie sich selbst am

Vortag zur Zuversicht motiviert. Der Teig schlief als kalte Kugel im Kühlschrank wie ein Versprechen auf einen gelingenden Abend. Danach hatte auch sie sich ins Bett gelegt und war eingeschlafen und schließlich aufgewacht am nächsten Morgen, begleitet vom Nachklang wilder Träume vom Scheitern und Misslingen.

Die Gastgeberin wischte das Foto des laufenden Abends, das die Ehefrau in einem Beitrag auf Instagram gepostet hatte, auf ihrem Smartphone beiseite. Es tauchte ein älteres Foto auf, das das Ehepaar noch beim Aperitif mit den amerikanischen Touristen in der Bar in der Innenstadt zeigte. Alle vier hielten ihre Gläser in die Kamera, sie tranken ausgerechnet Americano. Der Amerikaner hatte eine Hand auf die Schulter der Ehefrau gelegt. Campari, Wermut und Soda zu gleichen Teilen, garniert mit einer Orangenzeste, serviert in schweren Gläsern. Die Gastgeberin suchte und las auch dieses Rezept im Internet. Wenn sie mit dem Cursor über die Gesichter aus der Bar in der Innenstadt fuhr, erschienen die Aliasnamen der Amerikaner, verlinkt mit ihren jeweiligen Profilen. Die Gastgeberin strich ein paar Mal mit dem kleinen Pfeil über die Wange des Amerikaners, als würde sie ihn streicheln. Er sah aus wie ein sportlicher Typ, zupackend und optimistisch. Dann wechselte sie wieder auf die Seite mit Rezepten für Cocktails und Drinks.

Da kam der Schweizer in die Küche, der doch tatsächlich die geleerten Salatschüsseln abgeräumt hatte. So viel Mühe nach einem intensiven Arbeitstag! Die Gastgeberin bedankte sich und zeigte auf den Geschirrspüler unten rechts neben der Spüle. Der Schweizer stellte die Schüsseln ab, ohne sie in den Geschirrspüler zu räumen, griff nach dem Smartphone der Gastgeberin und las das Rezept für Americano. Das sei ihm wirklich zu süß, bekräftigte er. Die Gastgeberin nahm ihm das Smartphone wieder ab und zeigte auf das Foto aus der Innenstadtbar, bei dessen Anblick beide grinsen mussten. Wirklich zu süß!

Aus dem Esszimmer rief die Ehefrau nach Getränken. Nun sei es auch endlich für sie an der Zeit, dem Glas Wasser für den Abend abzuschwören. Die Gastgeberin erwähnte das Foto mit dem Americano nicht. Die neue Flasche Crémant müsse erst kalt werden, wurde der Ehefrau zur Antwort gegeben. Möchtest du Weißwein stattdessen? Stillst du nicht mehr, fragte der Schweizer aus rein wissenschaftlichem Interesse und ging zurück ins Esszimmer mit einem schweren Aschenbecher aus der Küche, den er auf dem Tisch platzierte. Er war aus schwerem grünem Glas, ein hübscher Flohmarktfund.

Die Gastgeberin verteilte neuerlich Mehl auf der Arbeitsplatte, nahm den Teig aus dem Kühlschrank, entfernte die Folie und nahm eine leere Flasche in beide Hände, um damit statt mit einem Nudelwalker oder Nudelholz den Teig flachzuwalzen. Sie rollte und rollte ihn aus, bis er nur mehr wenige Millimeter dünn war und an den Enden brach. Vorsichtig löste sie ihn von der Arbeitsplatte und hob ihn in die Tarteform aus Keramik. Sie drückte ihn mit den Fingern an den Kanten fest, schnitt die überstehenden Enden mit dem Messer ab, drehte diese zu einer langen Wurst, die sie wiederum in die Form drückte, um den gewellten Rand der Quiche damit zu bilden. Mit der Gabel stach sie in den Teig, sodass beim Backen Luftblasen und Spannung entweichen konnten und ein Brechen des Teigs verhindert würde. Dann schob sie den Teig zum Blindbacken in den Ofen. Zehn Minuten bei hundertachtzig Grad Ober- und Unterhitze, sagte das Rezept aus dem Internet. Sie schälte eine braune Zwiebel, schnitt sie auf einem Holzbrett in kleine Teile, indem sie die Finger der linken Hand wie die Profis möglichst senkrecht an die Zwiebel hielt, um nicht die Fingerkuppen mit dem Messer in der rechten zu verletzen. Sie wusch die Stange Porree und schnitt auch diesen in Scheiben. Dann erhitzte sie eine teflonbeschichtete Bratpfanne auf dem Induktionsherd, gab den vorgeschnittenen Speck aus dem Supermarkt hinein, briet ihn, bis er sein Fett verlor, das sich über den Pfannenboden ausbreitete. Das Brutzeln des Specks übertönte die Stimme von Etta James, die gerade

A Sunday Kind Of Love beschwor. Die Gastgeberin gab Porree und Zwiebeln dazu und briet das Ganze für wenige Minuten, nahm dann die Pfanne vom Herd und ließ den Inhalt abkühlen. Jazz und Kochen passten einfach gut zusammen.
Cheers, sagte die Ehefrau im Esszimmer und hob ihr Wasserglas, um mit dem Schweizer anzustoßen. Sie habe abgestillt, erklärte der Ehemann. Er übernehme das Kind an den Vormittagen. Seine Aussage sollte selbstverständlich klingen, klang aber doch ungewohnt bemüht.
Die Gastgeberin setzte sich zu den Gästen an den Esstisch. Abends, wenn das Kind schlafe, könnten sie, sollten sie nicht ohnehin zu müde sein, beide an ihren Laptops arbeiten. Definiere Arbeit, rief der Schweizer übermütig, und klang damit zum ersten Mal an diesem Abend zeitgenössisch. Selten schlafe das Kind länger als drei oder vier Stunden. Meistens würden sie dann eine Serie im Internet gucken.
Man sagte hier übrigens nicht gucken, sondern eine Serie schauen, wobei es grammatikalisch ohnehin korrekter wäre, sich eine Serie anzuschauen. Als es noch Fernsehen gab, lachte die Gastgeberin, sagte man Fernsehen schauen. Es war in den letzten Jahren in Mode gekommen, vom Fernsehen wie von Papyrusrollen aus dem Altertum zu sprechen. Man war sich einig, dass die Zeit allgemein schneller vergehe als früher und dass die technischen Entwicklungen

so rasch vorangetrieben würden, dass der alternde Mensch Mühe habe, hinterherzukommen. Man selbst jedoch, in der sogenannten Hälfte des Lebens stehend, habe gut mitgehalten, nicht zuletzt da man sich ausgewogen ernähre und Sport treibe.
Er schaue gar keine Serien, sagte der Schweizer und klang nicht mehr zeitgenössisch. Er hatte die Wortendung ausgesprochen wie ein Franzose, es hörte sich an wie Aspirin oder Kerosin. Seit Mitte der zehner Jahre des neuen Jahrtausends würden auch hier alle von *Binge Watching* sprechen, spottete der Partner der Gastgeberin. Das habe mit dem Aufkommen des Streamens zu tun, klärte die Ehefrau auf, was keiner Aufklärung bedurfte. Auf ihren Fingernägeln spiegelten sich, während sie sprach, die Titel auf den Buchrücken des Regals für Kulturtheorie. Der *Cultural turn* lag hinter ihr, aktuell durchdrang vielmehr der *Postcolonial turn* im Stillen, wiewohl abgestillt, ihre Gedanken. Man aß Nüsse und Cracker, während man auf die Quiche wartete. Der Schweizer betonte, wie hungrig er immer noch sei nach einem arbeitsreichen Tag, obwohl er bereits sein *Zmorge*, *Znüni*, *Zmittag* und *Zvieri* gehabt habe, und nestelte an seiner Zigarettenpackung, ohne eine Zigarette aus der Packung zu holen.
Was ist Kultur, las die Gastgeberin als Frage von den schillernden Fingernägeln der Ehefrau ab, die sich mit den Händen wiederholt durch die Haare

fuhr und dabei die Lippen schürzte. Das Buch mit jenem Titel hatte in zwanzig Jahren vier Umzügen standgehalten und war doch ungelesen geblieben. Was ist Kultur? Vielleicht ließ sich eine Kurzform der Antwort ja im Klappentext finden.

Der Quicheboden buk blind im Ofen und verbreitete einen herrlichen Geruch. Man unterhielt sich noch ein bisschen, gleich war es an der Zeit, die cremige Füllung in den vorgebackenen und wieder ausgekühlten Teig zu gießen. Nachdem die Gastgeberin, um den Überblick zu bewahren und alles im Griff zu behalten, zum wiederholten Male aufgestanden und hin- und hergelaufen war, hörte man von der Küche her ein leises Knacken. Die Gastgeberin blieb stehen und lauschte dem verklungenen Ton nach. Alle waren plötzlich ruhig. Da sprang der Partner der Gastgeberin mit einem Satz auf, lief in die Küche, rief, der Crémant, riss die Tür zum Tiefkühler auf, zog die Lade heraus, flüsterte, der Crémant, und fluchte und fluchte.

Konnte das denn sein, dass man das Glas einer Flasche, tief im Inneren des Eises, knacken hören konnte? Oder war es eine akustische Täuschung gewesen, allerdings eine mit richtiger Schlussfolgerung? Und wie sah er aus, der herrliche Crémant de Limoux aus der Weinbauregion Languedoc, zu Schaum gefroren, teils weiterhin in der Flasche, teils sich bereits aus der Flasche heraus ins Fach vergossen habend? Die Tupperware mit dem Apfelkompott und die Kartonbox mit dem Eis aus Hafermilch, Kokosöl und Vanille mit einer glitzernden Schicht überzogen? Die Dose mit den Salbeiblättern und die Gefrierbeutel mit den Semmelknödeln? Wie sich der Korken gelöst hatte und das Etikett zerfetzt war, war das nicht ein Anblick, nachgerade elegant, gemessen an den visuellen Möglichkeiten eines Missgeschicks?

¼ l Kirschsaft
¼ l Bananensaft

Erinnerst du dich daran, wie du mit zwanzig Jahren in einer kleinen Bar gejobbt hast? Du musstest Kaffee zubereiten an der Maschine, Bier zapfen, Weißbier aus der Flasche richtig einschenken, Rot- und Weißwein in die dafür vorgesehenen Gläser füllen, Sektflaschen öffnen. Anfangs hast du dich erschrocken beim Korkenknallen, zunehmend hat es dir Spaß gemacht. Man solle die Flasche drehen und nicht den Korken, hieß es. Als du in Berlin um die Jahrtausendwende für kurze Zeit in einem Café gearbeitet hast, bestellten die Gäste Kiba, Kirsch-Bananen-Saft, und Nachos mit Guacamole.
Als du etwa zwanzig Jahre alt warst, hast du angefangen, darüber nachzudenken, in welcher Art von Tasse du gern deinen Kaffee trinken möchtest. Du warst bei einer Kommilitonin zu Besuch. Sie goss kochendes Wasser in eine Tasse aus der Mensa und streute ein Tütchen Cappuccino in Pulverform ein. Das erste Mal verging dir ein wenig die Lust auf eine Einladung. Essen war ab da auch das, ja, Geschmack, Wissen, Erfahrung, Abgrenzung, Distinktion. Oder war es das immer schon gewesen, nur eben weniger bewusst?
Mit deiner Schwester hattest du dir in Jugendtagen nachmittags gern Salamibrote mit Essiggurkerln und Käsebrote mit scharfem Senf zubereitet. Vor dem Fernseher habt ihr sie genüsslich verspeist. Später ernährte sie sich vegetarisch, noch später aus-

schließlich vegan. Einmal wurde sie als Modell für ein Werbefoto in Szene gesetzt und musste dafür hingebungsvoll ein rohes Steak mit einem Bügeleisen glätten. Das Foto aus der Werbung eines Elektronik-Fachmarkts hing später gerahmt in deiner Küche.

Bevor du mit Induktion kochtest, gab es in deinen alten Wohnungen in der Stadt einen Gasherd. Die Generation der Mütter kochte mit einem Elektroherd, früher auf gusseisernen Kochplatten, später auf dem Ceranfeld. In den teflonbeschichteten Pfannen durfte man nicht mit Metallbesteck hantieren, um keine Kratzer zu verursachen. In der Küche, in der du aufgewachsen bist, stand auch ein alter Holzherd mit Kochplatte und Backofen, der den ganzen Raum beheizte. Man konnte einen Kochtopf auf die obere Herdplatte stellen, außerdem konnte in einer Einlassung in jener Herdplatte Wasser erhitzt werden. Der Ofen wurde mit Holzscheiten befüllt, die man in einem Korb aus dem Keller holen musste. Das trockene Holz brachte man zum Brennen, indem man zuerst nur einen Holzspan anzündete oder ein Stück Zeitungspapier. In einer Lade darunter wurde die Asche gesammelt, die man nach zwei, drei Tagen entleeren musste. Der Rauch entwich über ein Ofenrohr.

Erinnerst du dich an den Nachbau der sogenannten Frankfurter Küche der Architektin Margarete

Schütte-Lihotzky, den du im Museum gesehen hast? An all die kleinen Laden, Fächer und Schütten, das Ausziehbare und Verschließbare, die farbliche Betonung der Konstruktion? Oder die De-Stijl-Küche im Rietveld-Schröder-Haus in Utrecht mit den verstellbaren Wandelementen und den Fenstern, die man so großzügig öffnen konnte? Irgendwann hattest du begonnen, dich für das Zusammenspiel von Schönheit und Funktionalität von Einrichtung zu interessieren und für die unterschiedlichen sozialpolitischen Ideen, die damit jeweils einhergingen.
Unter Feminismus hast du als junges Mädchen theoretisch die Gleichberechtigung von Frauen und Männern verstanden, wobei in der Praxis weiterhin beinah ausschließlich die Großmütter und Mütter kochten, putzten und die Kinder versorgten. Die Begriffe und Ideen vom Zusammenleben haben sich seither ein paar Mal gewandelt.
Die Mütter kochten mediterran, sie bereiteten mehr Gemüse als Fleisch zu und verwendeten beinah ausschließlich pflanzliche Öle. Es gab aber auch einfache Süßspeisen als mittägliche Mahlzeit, wie Grießschmarren mit Rosinen. Die Großmütter kochten regional und traditionell, sie benutzten tierische Fette, frittierten gerne, behalfen sich mit viel Zucker und Salz. Eine Flasche Maggi-Würze stand auf dem Esstisch in der Küche. Es gab überbackene Zucchini, Schnitzel oder Würstel. Außerdem Palatschinken,

Buchteln, auch Rohrnudeln genannt, Blattlkrapfen mit Sauerkraut und die süßen Bauernkrapfen, im Schmalz schwimmend herausgebacken. Der Staubzucker war für Nachspeisen griffbereit im Küchenregal. Nachmittags zum Kaffee gab es Biskuitroulade mit Schlagobers, abends aß man Brot mit Speck oder Hartwurst, einen in Spalten geschnittenen Apfel. Die Großväter tranken ein Glas Bier, die Großmütter nahmen einen Schluck davon, die Kinder bekamen Malventee mit süßem Sirup. Morgens gab es da wie dort warmen Kakao, Semmeln mit Butter und Marmelade oder Müsli und Porridge.

Erinnerst du dich an die Zeit, als die Großeltern Schnaps gebrannt haben? Da warst du noch ein kleines Kind. In großen Bottichen wurde das Fallobst gesammelt, in denen die Maische gärte. Den Geruch vergisst du nicht. Den Keller, die Plastikeimer, die Obststeigen aus Holz. Das alles ist schon so lange her.

Du hast nichts davon beigebracht bekommen, du hast nichts weitergeführt, nichts erhalten, praktizierst nichts davon. Dieses vergangene Leben gibt es nur mehr in Form von Erinnerung, in Gedanken und Sprache. Einer Sprache, die deinen Großeltern, die vor hundert Jahren geboren worden sind, fremd gewesen ist. So wie dir ihre Sprache fremd gewesen ist und es immer schwieriger wird, sich an das alles zu erinnern.

250 ml Sahne
4 Eier
100 g Käse

So in etwa hätte der Abend beginnen können. Aber es wären nicht die zwanziger Jahre des neuen Jahrtausends, das Zeitalter der Smartphones, eine Epoche voll von Ablenkungen und besseren Optionen, wäre auch nur einer der Gäste wirklich pünktlich gewesen. Man halte sich gern alles möglichst lange offen, sagte die Gastgeberin mit gespielter Bitterkeit zu ihrem Partner, während die beiden am gedeckten dänischen Esszimmertisch auf das Eintreffen der Gäste warteten. Du hältst dir doch auch alles offen, sagte der Partner der Gastgeberin lachend, nicht vorwurfsvoll, und verwies auf das zweite akademische Viertelstündchen nach dem ersten akademischen Viertelstündchen. Noch alles im Rahmen, sagte er. Entspann dich. Der Partner der Gastgeberin tat entspannt, offensichtlich. Die Gastgeberin war unentspannt, tatsächlich. Sie hielt sich wenig offen, sowohl im Allgemeinen als auch im Besonderen an diesem Abend.

Sie war auch nicht, was man eine geborene Gastgeberin nannte. Bedauerlicherweise. Nach dem Aussprechen der Einladung an ihre Freunde und nach anfänglicher Vorfreude, ihrem Partner gegenüber als kreative Vorstellungen formuliert von einem sommerlich gedeckten Tisch, einfacher Quiche, Jazzmusik und Wiesenblumen in Vasen, hatte sie bald die Lust verloren, sowohl auf die Vorbereitung als auch auf die Durchführung eines solchen

Abends in ihrer neuen Wohnung. Nicht einmal eine Garderobe gebe es, hatte sie verzweifelt ausgerufen.

Dann wieder hatte sie von einzelnen Rezepten aus einem aktuellen Kochbuch-Bestseller geschwärmt. Israelisch und palästinensisch, hatte sie anerkennend gesagt und ihrem Partner gegenüber tagelang in Worten den Frieden ausgemalt, der auch bei ihr zu Hause anfange, und zwar im Kochtopf, während sie die weinrot-sandfarben-gestreifte Leinenschürze aus Kopenhagen, *Made in India*, tragen würde. *Tomorrow Matters*, stand auf der Waschanleitung, *Organic Cotton*. Das Kleidungsstück würde, von der Gastgeberin getragen, eine ganz neue Bedeutung haben. Sie wäre weder die duldsam gebundene Kittelschürze der Generation ihrer Großmütter noch die wütend verweigerte Kochschürze der Generation ihrer Mütter. Beschrieb sie, während sie davon erzählte, die Realität, den Alltag, die Geschichte, oder waren es ihre Wünsche, die sie vor ihrem Gegenüber ausbreitete? Als könnte das Sprechen das Handeln beschwören und das lautstark geäußerte Wort schon die Tat einleiten.

Die Gastgeberin hatte von einem offenen Haus fabuliert, von internationalen Gästen, die die internationalen Zeitungen, nämlich in der Reihenfolge Feuilleton, Politik, Wirtschaft, lesen. Die Sprachen würden sich im Laufe des Abends abwechseln und mischen, man wäre gebildet und liberal, alles das aber keineswegs aufgesetzt oder demonstrativ. Keineswegs elitistisch oder klassistisch, hatte der Partner der Gastgeberin zustimmend ergänzt, denn er hatte sich überblicksmäßig in die Thematik eingelesen. Die Speisen kämen ohne viel Aufwand auf den Tisch, einmal nur auf einem Holzbrett als Unterlage, dann wieder bloß auf dem Backblech, darauf das verbrannte Backpapier. Die ganze Vision eines langen dänischen Esstisches hatte die Gastgeberin überhaupt erst entworfen im Zusammenhang mit dem tief gehegten Wunsch, Freunde einzuladen und für diese zu kochen.

Vom Wunsch hatte der Weg über den Wohntraum allzu rasch zur Selbsttäuschung geführt, doch jetzt gab es diesen Tisch, und der Tisch würde gedeckt sein. Großzügig würde man, nach dem Servieren, im Stehen frisches grünes Olivenöl über die Speisen gießen. Oliven unterschiedlicher Farbe und Größe würden über das Papier rollen und vereinzelt auf dem heißen Blech liegen bleiben und dort kurz weiterschmoren. Das Salz wäre insgesamt grobkörnig und würde nicht gestreut, sondern mit einem kleinen Löffelchen aus mattgrünem Büffelhorn einem kleinen Becherchen aus demselben Material entnommen. Die Herkunft des Büffelhorns wäre mit Kenia, Afrika, bereits geklärt.

An diesem Tag also war es so weit. Das befreundete Ehepaar hatte zugesagt und sich umgehend aufgemacht, Betreuung für seinen Säugling zu gewährleisten. Der Schweizer Freund hatte seinen Abendvortrag an der Universität nach längerem Hin und Her verschieben können, seine Freundin musste jedoch mit Bedauern absagen. Sie seien zu fünft, das wäre doch ein Anfang für die ganz großen Einladungen, die die Gastgeberin in Zukunft aussprechen würde. Man könnte im Internet je nach Anlass Postkarten bestellen mit geprägtem Schriftzug im Letterpress-Verfahren auf schwerem Papier. Worauf sollte man warten, bis man endlich großzügig Feste veranstalten würde? Sich selbst nicht länger als Gast, sondern als Gastgeberin sähe? Ja, worauf warten, rief der Partner der Gastgeberin vergnügt. Auf die Gäste des laufenden Abends beispielsweise.

1 Esslöffelchen Sumach
1 Gläschen Harissa
1 Schälchen Za'atar

Woher die erlesenen Zutaten nehmen für den Abend, den die Gastgeberin sich nach dem Studium der internationalen Kochbücher ausgemalt hatte? Woher, um alles in der Welt? Und das Wort Welt war an dieser Stelle wirklich angebracht.
Der Partner der Gastgeberin hatte die Namen der Gewürze ins Smartphone getippt. Er hatte Sumach, Harissa und Za'atar gegoogelt, danach auf das Stichwort Maghreb geklickt und war so bei der politischen Situation der zehner Jahre gelandet. Er hatte plötzlich laut von Urlaub zu sprechen begonnen und im nächsten Gedankengang Deviseneinnahmen durch Tourismus abgewogen mit der politischen Instabilität eines Landes und der Möglichkeit von sozialen Unruhen. Dann hatte er auf seinem Smartphone nach Symptomen für Unruhe gesucht und war auf Angespanntheit, Gereiztheit und Nervosität gestoßen. Keine Spur von Kubeben-Pfeffer und Damaszener-Rosen. Das ist eine Großstadt, hatte er ausgerufen, die Gewürze der Welt würden hier doch zu bekommen sein! Er suchte lange im Internet und vergaß darüber das Problem. Yusef Lateef spielte *The Plum Blossom*.
Am Ende hatte man sich, als Paar und in Übereinstimmung, dann doch für das einfache französische Rezept einer Quiche entschieden. Dafür benötige man nicht einmal Rosmarin, hatte der Partner erleichtert ausgerufen, obwohl doch ausgerechnet

Rosmarin büschelweise in seinem Garten wuchs. Eine Quiche könne man vorbereiten, es wäre eine Übung für zahlreiche Einladungen, die später folgen könnten. Für andere Rezepte, hatte die Gastgeberin erwidert. Sie hatte unter dem Stichwort Lothringen im Internet recherchiert, welche Art von Kriegen es in dieser Region über die Jahrhunderte hinweg gegeben hatte und welche Art von Frieden eine Quiche symbolisieren könnte. Es war alles derart kompliziert, dass sie das Smartphone bald hatte beiseite legen und die Recherche abbrechen müssen. Allein das Salzgefäß aus Büffelhorn mitsamt dem kleinen Löffelchen würde an diesem Abend für die Welt stehen müssen. Die Gastgeberin hatte es in Nairobi, Kenia, gekauft. Sollte diesbezüglich eine kritische Frage vonseiten der Gäste kommen, würde sie alles beantworten können. Das Salzgefäß war in einem Laden angeboten worden, der lokale Produzenten unterstützte. Nach Nairobi sei sie gefahren, weil sie dort auf Einladung der Universität einen Workshop für die Studierenden abgehalten habe. Sie habe von den jungen Menschen ebenso viel gelernt, wie die jungen Menschen von ihr. Es sei, so habe sie es wahrgenommen, eine Begegnung auf Augenhöhe gewesen, deren Erinnerung sie noch in ihrem Herzen trage. Mit der Pünktlichkeit haben diese es nicht so genau genommen, das müsse sie allerdings, auch wenn es das Klischee bestätige, einräumen. Dennoch

habe es am Ende des Tages schöne Ergebnisse gegeben, auch wenn es überhaupt nicht immer und überall das Ziel sei, Ergebnisse zu zeitigen. Das Horn des Büffels sei ein Werkstoff, der ein Leben lang halte und nicht als Müll der Wegwerfgesellschaft in den Weltmeeren lande, wo er zu Mikroplastik verrieben würde, das wiederum die Fische fressen würden, die daran sterben oder vom Menschen als Nahrung verzehrt würden. Horn sei geschmacksneutral und empfehle sich daher zur Verwendung bei der Zubereitung von Speisen.
Die Gastgeberin verwende Meersalz mit Algen als Jodspender. Jod verhindere die Ausbildung einer vergrößerten Schilddrüse, eines Kropfes am Hals, wie ihre Urgroßmutter ihn gehabt habe. Den Kropf habe diese, sagte die Gastgeberin jetzt zu ihrem Partner, an hohen Festtagen mit einem schmückenden Kropfband mehr betont als verdeckt. Sie könne sich an ihre Urgroßmutter erinnern, an das Kopftuch, das sie über dem weißen, zu Zöpfen geflochtenen und hochgesteckten Haar getragen habe, an die karierte Baumwollschürze, die dunklen Stutzen, den Rock und die Wolljacke. An die schwieligen Hände und an die drahtigen Härchen am Kinn.
Der Partner der Gastgeberin nahm das Foto in die Hand, das ihm die Gastgeberin entgegenstreckte, und blickte in das Gesicht einer alten Frau, fern von diesem Leben in der Stadt. Weit entfernt von einer

Altbauwohnung mit einem dänischen Esstisch, in dessen Mitte eine Vase des finnischen Designers Alvar Aalto stand, prall gefüllt mit Wiesenblumen aus einem fremden Garten.

1 Prise geriebene Muskatnuss
Salz
Pfeffer

Sie warteten. In der Küche war alles vorbereitet. Der Partner der Gastgeberin griff in die Schale mit den salzigen Nüsschen auf dem Esstisch. Dass er etwas für die Gäste übrig lassen solle, sagte die Gastgeberin in einem Ton, der ihr unterlaufen war und nicht ganz so liberal klang. Sie schickte dem Satz als Entschuldigung ein Lächeln hinterher. Die Sandwich-Methode besagte, dass man etwas Schlechtes von beiden Seiten her in etwas Gutes packen solle. Vor und nach Kritik solle man ein Lob aussprechen. Reichte auch ein Lächeln? Und waren die Strategien und Tricks von Pädagogik und Human Resources auf die Paarbeziehung anwendbar?

Er ging in die Küche und holte den Crémant aus dem Kühlschrank. Jetzt schon, fragte sie. Na, komm, sagte er. Vier Minuten dreiunddreißig lang Schweigen. Um das Warten während des dritten akademischen Viertelstündchens zu überbrücken, schienen die kleinen Themen zu wenig ergiebig und die großen zu ausufernd. Sie prosteten einander zu. Es fühle sich nicht mehr akademisch an, sagte die Gastgeberin und trank ihr Glas leer. Der Partner der Gastgeberin schenkte beiden nach.

Sie blätterte nebenbei noch einmal in diesem Kochbuch-Bestseller, den sie vorhin beiseitegelegt hatte. Fotos von bunten Märkten, weißen Häusern im Abendlicht. Hinter einem verschlossenen Tor im farbenfrohen Kleid mit schwarzem Kopftuch eine Frau, die weiße Wäsche auf einen Wäscheständer zum Trocknen hängte. Man falle so richtig darauf rein, ertappte sich die Gastgeberin beim Aufwallen eines Gefühls von Wehmut oder Sehnsucht. Es sei auch gut fotografiert, räumte ihr Partner ein. Würde man selbst die Wäsche aufhängen müssen, wäre das schon weniger stimmungsvoll. Die Gastgeberin lachte.

Das inszenierte Leben des Kochs in diesem Kochbuch setzte sie unter Druck, gewürzt mit einer Kräutermischung aus Neid und Bewunderung. Er schien zahlreiche Freunde zu haben, mit denen er viel lachen konnte. Das Kochen rückte er in den Mittelpunkt, und doch gelang es wie nebenbei. Er schien sich in mehreren Sprachen auf den Märkten der Welt, die nicht der Weltmarkt waren, verständigen zu können und hatte immer seinen Korb dabei, um alles einzusammeln, was das Leben ihm bot. Er trug ein weißes, gestärktes Hemd, das so weit aufgeknöpft war, dass man den Ansatz einer gebräunten Brust sehen konnte. Er musste sehr sportlich sein und dennoch genügend Freizeit haben. Gleichzeitig überblickte er ein Kochimperium, in dem er mehrere Restaurants führte, *Signature Dishes* entwarf, die seine unverkennbare Handschrift trugen, und Kochbücher publizierte. Er gab nachdenkliche Interviews, die es in die Feuilletons der internationalen Zeitungen schafften, dorthin, wo früher einmal die literarischen Bücher besprochen worden waren.

Die Gastgeberin trank ihr Glas leer, ihr Partner füllte wieder nach. Prost, frohlockte er, auf die Gastgeberin! Nächstes Mal bestellen wir wieder Pizza, sagte sie lachend. Abdullah Ibrahim spielte *African Marketplace*. Der Partner der Gastgeberin wippte beinah unmerklich mit dem Rhythmus mit. Die Laune der Gastgeberin hatte sich merklich gehoben. Sie hatten zu zweit eine ganze Flasche Crémant getrunken, während sie mittlerweile beinah eine volle Stunde auf die Gäste gewartet hatten. Der Crémant trug ein chamoisfarbenes Etikett, mit Tuschefeder kalligrafiert war darauf als Herkunftsbezeichnung das Loiretal zu entziffern. Der wäre ohnehin zu gut gewesen für die Gäste, sagte der Partner der Gastgeberin, und beide kicherten. Die Selbstbezichtigung und das Gefühl eigenen Unvermögens hatten sich verdünnt und aufgelöst mit jedem weiteren Schluck des herrlichen Sprudels. Utopien lagen in der Luft.

Die Bezeichnung Liebespaar gewann langsam an Kontur. Also, wenn die heute gar nicht mehr kommen, sagte der Partner und lächelte. Eigentlich ist es doch am schönsten, wenn die Gäste gar nicht kommen, sagte die Gastgeberin amüsiert. Sie blickte über den Tisch, der geschmückt war mit den Wiesenblumen der innerstädtischen Floristik und locker gefalteten grauen Leinenservietten. Die selbstauferlegten Pflichten fielen ab von ihr wie die weinrotsandfarbene Schürze aus Kopenhagen, die nun zu ihren nackten Füßen lag. *Tomorrow Matters? But today even more!* Sie unterdrückte das Lachen nicht, sie ließ sich gern von ihrem Partner unterhalten. Er hatte Humor und Witz, war gebildet und ausreichend informiert, er war kein Angeber, kein Idiot, kein Mörder. Prosit, rief die Gastgeberin, und ihr Partner lachte. Sie waren Liebhaber und Liebhaberin. Sie wurde übermütig vom Alkohol und erzählte ohne Scham und ohne Sorge, missverstanden zu werden, von einem Video aus dem Internet, das sie sich jüngst angesehen habe. Der Liebhaber lauschte mit offenen Ohren. Es gehörte neuerdings beinah zum guten Ton, dass Frauen offen und selbstverständlich über ihren Pornokonsum sprachen. Softer, zärtlicher, mit mehr Handlung?

Keineswegs, sagten die Frauen, aber ein anderer Blickwinkel sei nötig. Sie würden den Männern dabei zusehen wollen, wie sie sich abmühten. Die verschwitzten Gesichter, die dummen Monologe. Sie würden das alles mit dem Fokus auf den Körper des Mannes beobachten wollen. Detailaufnahmen seien zu abstrakt und allgemein, man wolle den ganzen Mann, die ganze Horde an Männern, in der Kameraeinstellung *Full Shot.* Nicht anonymisiert, sondern mit dem Kopf, dem Mund, der Spucke, dem schweren Atmen. Seine Defizite, seine Vergänglichkeit, seine Lächerlichkeit, aber auch seine Größe, sein

Durchhaltevermögen oder seine Eleganz. Der Liebhaber schluckte und nickte, er unterstützte jede Art von Sport und war auch dem gegenüber nicht abgeneigt, was sich als Feminismus in jedem Jahrzehnt neu formte und anders gebärdete. Er hatte gelernt, dass die selbstbestimmte weibliche Sexualität dem Manne nicht schadete. An ihm würde die Entwicklung des Menschen nicht scheitern.

Das Sprechen brachte die beiden auf die Idee, ins Handeln überzugehen. Wenn die Gäste heute gar nicht mehr kommen, sagte der Liebhaber noch einmal, lächelte, hob seine Augenbrauen zweimal hintereinander, schloss die Lider, streckte unter dem Tisch das rechte Bein aus und berührte mit den Zehen die nackten Füße der Liebhaberin. Dann rutschte er auf seinem Stuhl nach vorne bis an den Rand, um im Folgenden mit der großen Zehe langsam an der Innenseite ihrer Unterschenkel aufwärts zu fahren. Er atmete tief ein und aus, sah ihr dabei in die Augen und grinste. Sie sah ihn an und lächelte. Zwischen den Wörtern Lächeln und Grinsen lagen in diesem Fall nur wenige Nuancen. Aus dem Innenhof hörte man eine Katze maunzen. Die Gäste können uns gestohlen bleiben, sagte die Liebhaberin, schon leicht betrunken.

Als der Liebhaber bei ihrem Knie ankam, rutschte er kurz vom Stuhl, hielt sich aber rechtzeitig fest, um nicht auf den Boden zu fallen. Schmerzverzerrt fasste er sich an den Oberschenkel, verzog das Gesicht, fluchte laut und verwandelte sich in einer Art von *Morphing* blitzschnell wieder in den Partner der Gastgeberin. Wo blieben bloß die Gäste?

Romana
Rucola
Eichblattsalat

Da läutete es an der Tür. Die Gastgeberin sprang auf, band die Schürze wieder im Nacken fest, schrie Stühle, Stühle, denn sie besaß wegen des erst kürzlich vollzogenen Umzugs nur zwei im Esszimmer. Der Partner solle, rief sie weiter, während sie in den Flur rannte, um zu öffnen, den Klappstuhl vom Balkon holen, einen weiteren Stuhl aus der Küche und den kleinen Hocker aus dem Schlafzimmer.
Es läutete wieder an der Tür, diesmal klang es lauter. Konnte das sein? Konnte man denn lauter klingeln beim zweiten Mal? Der Partner vergaß die Schmerzen im Oberschenkel und lief ins Schlafzimmer, rief welcher Klappstuhl, die Gastgeberin stolperte über einen Umzugskarton, jaulte kurz auf und rief: Der Hocker! Unter den Kleidern, fragte der Partner aus dem Schlafzimmer. Sie hob die Arme, eine Geste, die er nicht sehen konnte, ließ sie wieder fallen, schob mit dem Fuß grob den Umzugskarton beiseite, schüttelte sich am ganzen Körper, blies den Atem laut aus und öffnete schließlich die Tür.
Man sagte hier ja selten Stuhl, man sagte Sessel, zu Sesseln und zu Stühlen. Zu Sesseln wiederum sagte man ebenso gern Fauteuil. Aber auch ein solches besaß die Gastgeberin nicht. Noch nicht. Es lag nicht einmal, wie früher, am Geld, es lag bloß an der Umsetzung. An der Fülle des Angebots, an der Entscheidungsunwilligkeit, an der ausstehenden Liefervereinbarung, am Schweißausbruch im An-

gesicht des Handelsangestellten. Hier standen ihre Gäste, zu dritt.
Hallo, riefen sie wie mit einer Stimme, offenbar hatten sie das vorher so verabredet. Da posierten sie, als wäre ihr Erscheinen allein schon ein Geschenk. Alle traten ein, sie behielten die Schuhe an. Der stumme Fingerzeig der Gastgeberin auf die nassen Sohlen blieb ihnen verborgen. Die Ehefrau trug Schuhe mit sehr hohen Absätzen, die Pumps genannt wurden oder Stilettos. Entgegen ihrer Gewohnheit trug sie auch keine flattrige Hose, sondern ein enges kurzes Kleid. Der Partner der Gastgeberin umarmte sie lange und herzlich, er hielt dabei noch den Hocker aus dem Schlafzimmer in der Hand. Die Gastgeberin sagte etwas Freundliches über den sommerlichen Lippenstift, den die Ehefrau trug. Jene antwortete, dass man diesen unter der Farbbezeichnung *Peach* in einer Parfümerie in der Innenstadt bekomme. Ihr Kleid war so knapp geschnitten, dass sie es bei jeder neuen Bewegung am Saum nach unten ziehen musste. Auch das konnte Freiheit bedeuten!
Peach, seufzte die Gastgeberin und warf einen Blick in den großen Spiegel im Flur. Er lehnte an der Wand und wartete geduldig darauf, aufgehängt zu werden, bevor er blind werden würde. In diesem Moment sei die Schürze, scherzte die Gastgeberin in Richtung ihres Partners, wieder in den Kontext der Großmütter gerückt. Die Schürze war das

Gegenteil von *Peach*. Toll siehst du damit aus, sagte der Ehemann im Flur stehend und hegte dabei keinerlei restaurativen Gedanken. Meine Großmutter hatte auch so eine, sagte die Ehefrau mit nostalgischer Freude, die steht dir gut. Findest du, fragte die Gastgeberin.

Apropos Restaurant, sagte der Ehemann, der gerade eben womöglich doch an Restauration gedacht haben mag, wir haben bereits eine Kleinigkeit gegessen. Die Gastgeberin machte ein enttäuschtes Gesicht, versuchte aber, ihren Frust zu verbergen. Eigentlich sei die Großmutter schuld, erklärte die Ehefrau. Die Großmutter des Säuglings und der Großvater, die das Ehepaar viel zu früh und förmlich hinausgeworfen hätten, um einmal, wie sie gesagt hätten, mit dem Säugling in Ruhe Zeit zu verbringen. Dabei lachten beide über das Wort Ruhe im Zusammenhang mit dem Wort Säugling. Um nicht zu früh zu kommen, seien sie also zu spät gekommen.

Jetzt kommt einmal herein! Die Gäste blieben weiter im Flur stehen und wechselten bloß untereinander die Plätze. Man bekomme keinen Schlaf, oder, sagte der Schweizer mehr, als dass er fragte. Er selbst hatte keine Kinder und keine Expertise diesbezüglich. Ich kenne mich nur mit Kindern ab achtzehn aus, erklärte er entschuldigend. Das klang unbeabsichtigt schmierig, dabei war es bloß sachlich auf seine Arbeit an der Universität bezogen.

Man sage heute Studierende, fügte der Schweizer an, ohne dass es einer Aufklärung dieser Art bedurft hätte. Vom Treppensteigen in den obersten Stock war er außer Atem geraten. Die Aufschrift *Sport* zog sich auf seinem T-Shirt in neongelben Lettern über die gesamte Breite seiner Brust. Er trug Funktionskleidung und Leisurewear, immerhin das hatte Konstanz in dieser Zeit, da sich die Begriffe laufend wandelten. Der Schweizer schützte sich durch Goretex. Seit mehr als einem Jahrzehnt sage man doch nicht mehr Studenten, erwiderte der Partner der Gastgeberin. Oder Studentinnen, so die Gastgeberin, wobei *studens* auf Lateinisch ja ohnehin studierend bedeuten würde. Die Erwähnung des Präsenspartizips hatte das vierte akademische Viertelstündchen beendet und die eine Stunde Verspätung nun auch voll gemacht.

Die Gastgeberin würde sich über ihre Gäste geärgert haben, hätte sie nicht eine ganze Flasche Crémant mit ihrem Partner getrunken. Dieser hielt pflichtbewusst noch immer den Hocker in der Hand und ging voraus ins Esszimmer. Die Ehefrau warf ihrerseits einen Blick in den Spiegel. Ihre Haare trug sie seit kurzem getönt, sodass einzelne weiße Strähnen nicht mehr sichtbar waren. Sie öffnete ihre Haarspange und steckte sie erneut fest.

Der Ehemann sah, entgegen seiner Profession, nicht wie jemand aus, der die Tage am Schreibtisch verbrachte. Sein Gesicht war gebräunt, die Haare von der Sonne hell geworden. Er hatte über die Jahre ein jugendliches Aussehen bewahrt, war sportlich geblieben und schlank. An jenem Abend trug er ein weißes Sommerhemd, die Ärmel hochgekrempelt, dazu eine blaue Leinenhose. Durch Zufall war er ähnlich gekleidet wie der Partner der Gastgeberin. Als sich die beiden zur Begrüßung kumpelhaft umarmt hatten, hatte die Ehefrau gesagt: Man könnte euch ja verwechseln! Die Gastgeberin drückte bei *Hold Your Man* vorsorglich auf *Repeat*.

Sie traten endlich ins Esszimmer, das mehr einem Arbeitsraum glich. Umzugskartons waren in einer Ecke übereinandergestapelt, dutzende Bücher waren nicht einsortiert, sondern lagen über den Parkettboden verstreut. Noch! Die Ehefrau stakste in ihren Stilettos, die das Potenzial besaßen, Parkettböden zu schädigen, durch den Raum. Ah, John Cage, sagte sie anerkennend, und meinte ein Buch. Im Hintergrund lief Jazz. Babik Reinhardt, sagte die Gastgeberin, und meinte die Musik. Django Reinhardt, fragte darauf die Ehefrau. Nein, der Sohn. Klingt zum Verwechseln ähnlich, behauptete die Ehefrau, und meinte es eher ironisch, als sie von Gypsy-Jazz sprach. Die Gastgeberin seufzte laut auf und hielt sich die Hände vor die Augen, um nicht an all das Aufräumen zu denken, das vor ihr lag. Das Wort Gypsy oder das Wort Jazz, fragte der Partner der Gastgeberin. Im Englischen ginge das schon noch, mischte sich der Schweizer ein. Kommt darauf an, wer spricht, sagte der Ehemann, der nämlich seinerseits weitgereist war. Indien, Südamerika, Asien.

Neben härterem Stoff, siehe Wittgenstein, lag auf dem Fußboden auch softes Material wie: *Der Verrat am Selbst. Die Angst vor Autonomie bei Mann und Frau*. Achtziger Jahre, konstatierte die Ehefrau mit geübtem Blick ins Impressum. Sie hatte das Buch in die Hand genommen, während sie sich in ihrem knappen Kleid vornüber gebeugt hatte, ohne dabei an eine mögliche sexuelle Lesbarkeit ihrer Haltung zu denken. Das liege hier nur so herum, winkte die Gastgeberin ab, ging in die Küche und öffnete eine billige Flasche Crémant vom Discounter. Das Etikett sah dennoch teuer aus, die Herkunftsbezeichnung lautete Burgund.

Die sexuelle Lesbarkeit eines gebeugten Frauenkörpers war in seiner eindeutigen Zweideutigkeit ein Souvenir aus der Vergangenheit. Heute gab es zusätzlich gleich mehrere Optionen der Inszenierung als auch deren Interpretation betreffend, die den Handlungsspielraum der Menschen erweiterten. Auch eine zweideutige Eindeutigkeit galt es hierbei zu vermeiden. Während der Schweizer, der Ehemann und der Partner der Gastgeberin sich an

den Esstisch setzten, wobei letzterer selbstlos den unbequemen Hocker wählte, blätterte die mittlerweile kniende Ehefrau in der *Angst vor Autonomie bei Mann und Frau*.
Die Gastgeberin kam aus der Küche zurück, den oberen Teil der Schürze hatte sie nach unten geklappt, sodass diese bloß ihre Oberschenkel bedeckte. Sie trug darunter einen ärmellosen schwarzen Overall, der ihr gut passte, aber unpraktisch war, wenn man pinkeln musste. Pinkeln sagte man hier eigentlich nicht, aber das Wort war in letzter Zeit in Mode gekommen. Möchtest du dir das Buch ausleihen, fragte sie. Die Ehefrau winkte dankend ab. Wer einen Säugling zu Hause habe, könne sich ohnehin nicht mit Autonomie beschäftigen. Alle lachten. Man wusste nicht, war sie stolz oder wollte sie bedauert werden.
Wie geht es euch damit, fragte der Schweizer, dem erst während des Fragens auffiel, dass er sowohl den Namen als auch das Geschlecht des Säuglings vergessen hatte. Seit dem Abstillen ganz wunderbar, sagte die Ehefrau, ohne ihrerseits den Namen des Säuglings in den Mund zu nehmen. Die Brustwarzen seien nicht mehr wund, ergänzte der Ehemann mit einer Mischung aus Erleichterung und fortdauernder Besorgnis. Der Partner der Gastgeberin nickte, als hätte auch er einen Schmerz dieser Art bereits durchlitten. Sie habe vom Stillen so abgenommen,

erzählte die Ehefrau mit gespieltem Bedauern. Ohne das Club-Sandwich hätte sie es heute nicht mehr bis zur Gastgeberin geschafft.
Die Gastgeberin verteilte von einem silbernen Tablett die mit Crémant aus dem Burgund gefüllten Gläser. Ihre Brustwarzen schmerzten nicht, bloß der Gedanke an ein Club-Sandwich. Santé, rief sie, erhob ihr Glas und blickte erwartungsfroh in die Runde. Die Ehefrau sagte Cheers, und flüsterte, dass sie manchmal tropften, wenn ein Säugling in der Nähe weinen würde. Ihre Lippen glänzten *peach*-farben. Prost, sagte der Schweizer. Prost, sagten der Ehemann und der Partner der Gastgeberin. Sie trage deshalb noch Einlagen, fügte die Ehefrau an, während sie ihr Smartphone aus der Handtasche kramte. Mittlerweile hatte wirklich jeder einen Blick auf ihre Brüste geworfen.
Hast du die Videos damals gesehen? Die Ehefrau nickte. Vivienne Westwood hatte auf Instagram, als jemand, der einem global agierenden Modeunternehmen vorgestanden hatte, für den Klimawandel den Kapitalismus verantwortlich gemacht, die weltweite Korruption und die nationalen Regierungen, die den armen Leuten Geld wegnehmen würden, um es den reichen zu geben. Das tönt auch richtig, rief der Schweizer. Daher wäre es ein Problem, von seinem Wahlrecht als Bürger Gebrauch zu machen, referierte weiter die Gastgeberin. Hatte die Mode-

designerin das gesagt? Hatte sie uns allen Ernstes vom Wählen abhalten wollen?
Vivienne Westwood hatte, während sie ihre Botschaft verkündete, ein T-Shirt getragen, auf dem sie selbst abgebildet war, das ergab im Videobild eine schräge Doppelung. Die Gastgeberin zeigte den anderen auf ihrem Smartphone den Screenshot. Das Internet vergaß nichts. Der Rotwein, rief plötzlich der Ehemann, die Hände über dem Kopf zusammenschlagend, und die Ehefrau erschrak, denn endlich hatten sich die beiden wieder an ihr Gastgeschenk erinnert, das in jenem kleinen eleganten Lederbeutel der britischen Designerin immerhin Platz gefunden hatte. Die Nerven der Ehefrau lagen blank, auch nach dem Abstillen des Säuglings. Gibt es noch Crémant?
Buy less, empörte sich die Gastgeberin, mit diesem Spruch habe sie für ihr Modelabel geworben. War das eigentlich noch Punk oder schon Humor? Sie musste lachen, klang dabei aber auch ein wenig wie eine Spaßverderberin. *De mortuis nil nisi bene.* Sei es nicht zu befürworten, dass jemand, der sich weltweit Gehör verschaffen könne, auf die Probleme von Armut, Krieg und Klimawandel aufmerksam mache, fragte die Ehefrau mit ehrlichem Interesse am Gespräch, gleichzeitig mit wenig Absicht, die Marke Vivienne Westwood über Gebühr zu verteidigen oder in Schutz zu nehmen. Sie fühlte sich zu unrecht

kritisiert für den Erwerb dieser Tasche und ihrer Freude an derselben. Die Gastgeberin zuckte mit den Schultern. Das nenne man neuerdings doch *Greenwashing*, mischte sich da der Schweizer wieder ein. Doppelmoral und Heuchelei angesichts dessen, dass in jeder neuen Saison Tonnen von Kleidung auf den Markt geworfen würden. Der Schweizer, der sich nie zuvor mit den großen Utopien und noch größeren Widersprüchen der Mode beschäftigt hatte, lief zur Hochform auf. Sein T-Shirt blieb atmungsaktiv. Der Partner der Gastgeberin gähnte. Er beteiligte sich selten an Gesprächen dieser Art. Die grüne Glooriole hielt sich lieber fern von seinem Haupt.
Der gute Cuvée! Die Ehefrau nahm die Flasche aus der Tasche und platzierte sie in der Mitte des Tisches zwischen Kerzen und Vasen voll zarter Wiesenblumen an langen Stängeln. Man sah jetzt überall diese Wiesenblumen auf den Esstischen der Stadt, nicht Rosen, nicht Nelken, nicht Feuerlilien. Ihr raucht ja nicht mehr, fragte der Schweizer, und steckte eine Zigarette in den Mund, ohne sie jedoch anzuzünden. Auf dem Balkon, insistierte die Gastgeberin. Noch jemand, fragte der Schweizer. Vorher ein Foto, sagte die Ehefrau bestimmt, ohne auf das Einverständnis der anderen zu warten.
Man gruppierte sich um den Tisch, duckte die Köpfe zusammen, um zu fünft ins Bild zu passen, die Ehefrau rief noch einmal Cheers, drückte ab und tippte

dann folgende *Hashtags* in ihr Smartphone: *Best Friends Forever, Foodporn, Winelovers.* Sie wählte einen digitalen Foto-Filter, der den Anwesenden dunkle Baskenmützen aufsetzte und gezwirbelte Bärtchen auf die Oberlippe zauberte. Es waren diejenigen Symbole, die die Bildsprache des Silicon Valley für Kunst und Bohème zur Verfügung gestellt hatte. Bohème war nur der schönere Ausdruck für finanzielle Mittellosigkeit in Kombination mit kreativer Arbeit. Kreativität in Kombination mit Internet konnte vieles bedeuten: Löcherstopfen mit auffälligen bunten Garnen, Kerzengießen in vielfältige geometrische Formen oder Kintsugi, die japanische Technik des Reparierens von zerbrochener Keramik mit Goldlack. Das Internet war voll davon.

In der Hand, in der an diesem Abend das Glas Crémant vom Discounter gehalten wurde, hielten sie auf dem Foto auf der Social-Media-Plattform nun je eine Farbpalette. Die fünf identisch aussehenden Farbpaletten umspielten die Flasche Cuvée, die das Ehepaar mitgebracht hatte und die in der Mitte des Tisches stand wie ein schwarzes Fetischobjekt mit rotem Logo.

Waren sie denn beste Freunde? Und würde es für immer halten? Sie liebten den Wein, es fehlte nur die Quiche für ein bisschen *Foodporn.* Seit wann benutzten eigentlich alle dieses Wort?

1 Pfirsich

Die Gäste malten in hellen Pastelltönen das impressionistische Gemälde ihrer nicht beabsichtigten Verspätung. Das Ehepaar habe Hals über Kopf die Wohnung verlassen, als der Großvater im Begriff gewesen sei, den Säugling mit Badewasser zu stillen, mit Babybrei zu waschen und mit Milch aus dem Fläschchen einzukleiden. Allgemeines Gelächter. Ein Feuerwerk an Wortwitz, die beiden mussten die Geschichte bereits ein paar Mal so erzählt haben.
Es klang, als wäre der Großvater Loriot höchstpersönlich. Ein Mann, der selbst in seiner Zeit schon aus der Zeit gefallen war. Der Ehemann sah die Ehefrau an. Welche Worte würde sie denn benutzen, um seinen Vater zu beschreiben? Ein Macho, ein Tollpatsch, ein richtiger Pascha, deklamierte die Ehefrau lachend. Das Ratgeberbuch aus den achtziger Jahren lag aufgeschlagen auf dem Parkettboden. Sagt man noch Macho, fragte der Schweizer. Kommt auf den Mann an, erwiderte die Gastgeberin. Sagt man noch Mann, fragte der Partner der Gastgeberin und meinte es komisch. Ich liebe die Männer, rief die Ehefrau und berührte den Schweizer am Oberschenkel, der vom Rauchen auf dem Balkon zurückgekehrt war. Die Großmutter übernehme, zugegebenermaßen, das meiste, räumte der Ehemann mit Bedauern ein. Die Versäumnisse der letzten Jahrhunderte und die daraus erwachsene Schuld wollte er dennoch nicht alleine schultern.

Coleman Hawkins spielte *Picasso* auf dem Saxofon. Die Gastgeberin hatte sich den Abend anders ausgemalt, expressiv und farbenfroh wie in den Büchern des berühmten Kochs. Keine Gespräche über Säuglinge und Großeltern. Nicht *Peach*, eher in kräftigem Rot, Blau und Gelb. Vielleicht in einer zeitgemäßen Variante von Matisse. So wie die jungen Frauen jetzt malten, die ihre Bilder, Ateliers, Esstische und Handtaschen in bunten Wimmelbildern auf Instagram zeigten. Wer hätte vor wenigen Jahren vorhersagen können, dass der Expressionismus in einer Art Wohlfühlvariante zurückkehren würde? Oder dass die Plakate von Hans Arp in den dekorierten Zimmern der Influencer hängen würden? Erwachten die Bilder hundert Jahre später wieder zu neuem Leben? Die Gastgeberin begann im Verborgenen den Knoten ihrer Schürze in der Taille zu lösen. Was trug eigentlich diese Johanna Dumet beim Malen? Während ihre Gäste sich über Männer und Frauen unterhielten in einer Sprache aus einer vergangenen Zeit, scrollte die Gastgeberin rasch durch deren Fotos im Internet. Die junge Malerin in blassblauer Seidenunterwäsche im Atelier, darüber nur einen grünen Ledermantel mit Pelzkragen. Das Haar unfrisiert. Ihr Internetauftritt war genial.
Die Schürze der Gastgeberin passte nicht zu diesem Abend und nicht zu diesen Gästen. Oder war es umgekehrt? Wäre Unterwäsche in Kombination

mit Ledermantel denn eine Option gewesen? Wen hätte sie einladen sollen? Die Gastgeberin rutschte auf ihrem Stuhl hin und her, bis die vermaledeite Schürze endlich zu Boden fiel. Ihr Partner hatte den Vorgang bemerkt und diesen als diskrete Aufforderung gedeutet, mit seinem Fuß unter dem Tisch wieder an ihren Beinen hochzufahren. Nicht jetzt, zischte sie, schüttelte den Kopf und schickte ihrer Aussage ein Lächeln hinterher. Er zog beleidigt sein Bein zurück.

Die Gastgeberin wandte sich an ihre Gäste, es gebe französische Quiche und einen leichten Sommersalat. Französisch, leicht, Quiche. Seide, Salat, Pelz. Die junge Malerin würde es nicht anders gemacht haben. Die Worte aus dem Mund der Gastgeberin aber klangen plötzlich unauthentisch und brav. War Authentizität denn überhaupt noch eine zeitgemäße Kategorie? So brav war sie ja eigentlich gar nicht. Doch die Bohème, sie war zu mühsam erarbeitet. Was ist Kultur?

Noch ein paar Nüsse und Salzcracker? Die Gäste lehnten dankend ab. Sie wollten lieber auf die Quiche warten, man sei vorher in einer Bar in der Innenstadt gelandet, habe dort Club-Sandwiches gegessen und einen Aperitif getrunken. Zwei, sagte der Schweizer. Warst du etwa auch dabei, fragte die Gastgeberin. Mit Coleslaw und Pommes, ergänzte der Schweizer. Er sei nicht mehr hungrig, aber neugierig auf die Quiche. Die Gastgeberin konnte nicht verbergen, dass sie sich mittlerweile wirklich ausgeschlossen fühlte. Zwei Amerikaner hätten sie kennengelernt, sagte die Ehefrau. Richtige Arschlöcher, sagte der Ehemann, und du hast das Foto von uns allen ins Internet gestellt. Die Ehefrau winkte ab. Die sehen wir nie wieder, beruhigte sie ihn.

Wolltet ihr nicht vor einer Stunde schon hier sein, fragte der Partner der Gastgeberin. Eine Frage aus seinem Munde klang niemals verbissen, das war der Vorzug des Bürgertums. Oje, sagte die Ehefrau mit Blick auf die Uhr, sie schlug sich auf die Stirn und war sichtlich erschrocken. Selbstanklage bei Unpünktlichkeit war der Schwachpunkt des Bildungsaufstiegs. Oje! Schließlich war sie es gewesen, die den Schweizer, der schon auf dem Weg in Richtung der Wohnung der Gastgeberin gewesen war, in die Bar in der Innenstadt dirigiert hatte.

Ich muss mal, sagte dieser und deutete auf seine Zigarette. Auf dem Balkon, sagte die Gastgeberin. Kommt jemand mit, fragte der Schweizer. Der Ehemann sprang vom Stuhl auf, er schien erleichtert, dem Schweizer in die Neutralität eines kleinen Balkons folgen zu können, obwohl er eigentlich nicht mehr rauchen wollte, seit der Säugling auf der Welt war.

Seltsam, was die Gespräche des Abend zu bestimmen schien. Wo waren die jungen Malerinnen aus dem

Internet, wenn man ihre ausgestellte Lebensfreude und scheinbare Sorglosigkeit benötigte? *I Used To Be Color Blind* von Ella, zumindest die Songauswahl des Algorithmus hatte Witz. Die Gastgeberin tippte mit dem Finger auf ihr Smartphone. Die Seite mit dem Rezept war noch geöffnet, Werbung blinkte auf. Unappetitliche Bilder von geschwollenen Füßen, auf deren Sohlen Knoblauch aufgelegt war. Sie ging in die Küche und öffnete den Kühlschrank.

Für den Sommersalat mischte sie Romana, Rucola und Eichblattsalat, halbierte Kirschtomaten und schnitt eine kleine Salatgurke in Scheiben. Sie würfelte rote und gelbe Paprika und zerkleinerte Frühlingszwiebeln. Für die Vinaigrette verrührte sie Weißweinessig mit Olivenöl, gab scharfen Senf dazu und einen Teelöffel Honig, außerdem Salz und Pfeffer. Sie hackte frische Kräuter, Petersilie, Schnittlauch und Basilikum, und hob sie unter. Mit einer Flasche Crémant auf dem Küchentisch machte das Kochen ja beinah wieder Spaß.

Vom Balkon aus sah man auf weitere Balkone hinunter. Die Katze aus der unteren Wohnung balancierte über das Balkongeländer und blickte immer wieder zum Schweizer und zum Ehemann hinauf, als warte sie nur auf eine Einladung. Zum Springen war es zu weit. Das Haus gegenüber verfügte über größere Balkone, die Bewohner pflanzten dort Tomaten an oder pflegten ihre roten und rosaroten Pelargonien.

An der linken Innenseite des Hofs, vom Balkon der Gastgeberin aus gesehen, saßen Studentinnen draußen und lasen. Der Schweizer kommentierte das wohlwollend. Der Ehemann schnorrte eine Zigarette bei ihm. Vom untersten Balkon her roch es nach Gras, junge Männer rauchten einen Joint. Der Ehemann und der Schweizer beugten sich nach unten, die jungen Männer lachten und boten mit einer Geste an, den Joint nach oben durchzureichen. Die Katze schüttelte den Kopf und verschwand. Der Schweizer und der Ehemann lehnten dankend ab. Schöne Aussicht, sagte der Ehemann mit Blick nach unten, auch wenn ihm angesichts der Höhe schon ein wenig schwindlig war. Die Wohnung ist nicht schlecht, antwortete der Schweizer, oder? Wohnt sie nicht schon seit zwei Jahren hier, fragte der Ehemann. Der Schweizer zuckte mit den Schultern. Oder sagte man, er zuckte mit den Achseln? Auch er war zum ersten Mal hier eingeladen, obwohl sie doch gute Freunde waren. Seit der Säugling auf der Welt war, seien sie nicht mehr aus dem Haus gekommen, sagte der Ehemann. Wir waren viel unterwegs, erwiderte der Schweizer, und oft gar nicht in der Stadt. Es war eben vieles anders als früher.

Der Schweizer verließ den Balkon mit dem Aschenbecher in der Hand, stellte ihn in der Küche ab und verteilte den Salat in kleine Schüsseln. Der Gestank von kaltem Rauch störte die Gastgeberin, seit sie selbst nicht mehr rauchte, aber sie übte sich in Gelassenheit und sah ihm bei seiner Arbeit zu. Das Ehepaar, verriet er leise, habe sich auf dem Weg zur Gastgeberin gestritten. Die Ehefrau habe den Amerikaner, den sie in der Bar in der Innenstadt getroffen haben, nämlich ganz toll gefunden. Der Ehemann habe eigentlich schon früh zum Aufbruch gedrängt. Zum zweiten Drink seien sie dann überredet worden. Hungrig sei er, der Schweizer, nicht mehr, aber neugierig auf den Salat. Seit er wieder zu rauchen angefangen habe, esse er weniger. Die Studierenden hielten ihn auf Trab, sie seien viel selbstbewusster als noch ihre Generation vor zwanzig Jahren. Sie würden mehr reisen und hätten einfacher Zugang zu Quellen und Information. Die Gastgeberin freute sich ehrlichen Herzens für die neue Generation.

Die Gastgeberin breitete den Quicheteig in der Tarteform aus. Blindbacken war überbewertet, entschied sie, und streute den gebratenen Speck, die Zwiebeln und den Porree darüber. Es wäre angenehmer, wäre der Schweizer bei den anderen am Esstisch und würde sie nicht von ihren Aufgaben ablenken. Aber es gehörte zu einer guten Gastgeberin, kochen und sprechen gleichzeitig zu können. Der Schweizer berichtete von seiner Freundin. Sie sei auf Jobsuche, erzähle aber nicht gern davon. Vom Eustress der geforderten Abgaben sei sie nach ihrem Abschluss direkt in den Distress der fehlenden Anfragen geraten. Die Wissenschaft bot, auch mit besten Qualifikationen, seit langem kein sicheres Einkommen mehr. Man dürfe die heutigen Studierenden dennoch nicht entmutigen. Seine Haarlocke erhob sich kämpferisch auf seinem Haupt. Die Gastgeberin seufzte und nickte.

Sie öffnete den Kühlschrank und nahm Sahne und Eier heraus und schlug ein Ei auf. Es war seit Monaten im Kühlschrank vergessen worden. Der Dotter hatte eine dunkelgrüne Färbung angenommen und stank widerlich. Die Gastgeberin ekelte sich und fürchtete das Urteil des Schweizers. Schnell entsorgte sie das faule Ei, verschloss den Müllsack und wusch die Schüssel mit viel Spülmittel. Der Schweiß stand ihr auf der Stirn. Auf dem Etikett der Spülmittelflasche waren blühende Lavendelzweige abgebildet und zarte Frauenhände mit gepflegten schillernden Fingernägeln. Der Schweizer verließ die Küche und setzte sich an den Esstisch, wo der Ehemann gerade dabei war, mit Leinenservietten zu demonstrieren, wie man einen Säugling wickelte. Er war ein so stolzer Vater, aber er wirkte auch schon etwas betrunken von den Cocktails in der Innenstadt.

Die Gastgeberin holte vier frische Eier aus dem Kühlschrank und rührte sie mit Sahne, Salz, Pfeffer und etwas Muskatnuss zu einer cremigen Liaison. Danach rieb sie ein ganzes Stück Gruyère-Käse grob hinein und füllte alles in den Teigboden. Bei hundertachtzig Grad Ober- und Unterhitze schob sie die Quiche für vierzig Minuten ins Backrohr, stützte sich dann an der Arbeitsplatte auf und atmete tief ein und aus. Dann nahm sie die Flasche Rotwein, öffnete sie, schenkte sich einen großen Schluck in ihr finnisches Glas ein und trank es in einem Zug aus. Ihre Brustwarzen schmerzten nun doch. Es fühlte sich an wie Kochen im falschen Jahrhundert.

Noch 1 Kiste Crémant auf Vorrat

Deine Anfänge beim Kochen, denkst du manchmal daran? Wenn du dir die kurzen, appetitlichen Videos im Internet ansiehst, das Füllen von Tacos, das Mischen von Salaten, nämlich im Behälter geschüttelt wie ein Cocktail, das Garnieren mit Blüten, das Schneiden von rohem Lachs, das Pochieren von Eiern, das Hacken von Zwiebeln, das Verzieren von Brotkrusten, nämlich mit Mehl, das vor dem Backen über eine Schablone gestreut wird?
Eines deiner ersten Rezepte, auf das du sehr stolz gewesen bist, war Polardorsch aus der Tiefkühlpackung, gefroren in flachen Quadern. Man legte den Fisch auf geschälte, zerkleinerte Tomaten aus der Dose, bestreute ihn mit Fetakäse und getrocknetem Oregano und stellte die Terrine für etwa dreißig Minuten ins Backrohr. Es schmeckte dir damals hervorragend, heute kannst du darüber herzlich lachen.
Das erste Ausgehen war begleitet von alkoholischen Getränken wie Pfirsich-Spritzer, eine Art süßen Obstweins, verdünnt mit kohlensäurehaltigem Wasser, Bier, Weißwein und Tequila-Shots mit einer halbierten Orangenscheibe und Zimt, vom eigenen Handrücken abgeleckt.
Im Urlaub in Griechenland entdecktest du das feste weiße Joghurt mit Walnüssen und Honig. In Kroatien gab es Melonen, Pager Käse und Rohschinken. Vor der Überfahrt mit der Fähre

ein reichhaltiges Omelett aus Eiern mit Käse und Schinken.
Zum Geburtstag hast du von deinen Eltern einmal einen selbstgebackenen riesigen Fisch aus Hefeteig bekommen, den man wie helles Milchbrot aufschnitt und mit Butter und Marmelade zum Frühstück aß. Jede einzelne Schuppe war aus Teig geformt, es war beinah schade, ihn aufzuessen.
Als Kind, wenn deine Eltern nicht zu Hause waren, hast du dich manchmal in der Küche verschanzt und dort zusammengemixt, was du gefunden hast. Maisgrieß, Mehl, Eier, Milch. Manchmal ist daraus ein Kuchen geworden, und manchmal nur eine Enttäuschung. Du hast ausprobiert, was passiert, wenn man heißes Wasser aus der Leitung in eine Tasse füllt und einen Teebeutel hineingibt. Musste denn alles gekocht werden? Du hattest sehr früh Ideen von einem autarken Leben. Wie würdest du dich ernähren, wärst du auf dich allein gestellt? Und würdest du in einem Wohnwagen leben. Der Gedanke, mit wenig auszukommen, machte dir Spaß.
Du hast es vielleicht nicht gelernt, dich immer gut um dich zu kümmern. Aber die Vorstellung einer guten Vorratshaltung beglückt dich zumindest in Gedanken. Du hast gelernt, ohne etwas geplant zu haben, den Kühlschrank zu öffnen, und dir spontan etwas kochen zu können. Auch wenn nichts da war,

weil du zum Einkaufengehen zu faul gewesen bist. Fast nichts.
Du probiertest Neues aus. Du hast aber auch nie Angst gehabt, und nie haben müssen, dass du verhungern würdest. Über die Fragen deiner Mutter, ob du für das Wochenende oder den Feiertag eingekauft habest, hast du dich immer lustig gemacht. An den Reiseproviant für einen Ausflug oder an das Jausenpaket für eine Zugfahrt hast du nie gedacht. Am Bahnhof hast du dir eine Beinschinkensemmel gekauft oder im Zug das gelbe Gemüsecurry. Dazu ein kleines Bier oder nachmittags Kaffee und Mineralwasser.
Dennoch hast du konsequent deine Essensreste am nächsten Tag verwertet und selten Nahrungsmittel im Abfall entsorgt. Du hast, als Kind eines im Krieg geborenen Kindes, gelernt, aufzuessen, und fragtest dich dabei nicht, ob du hungrig warst oder bereits satt. Wenn du zum Essen eingeladen wurdest, verspürtest du manchmal noch den Impuls und hieltest ihn verborgen, als Schwester einer Schwester innerhalb einer Familie um deine Ration kämpfen zu müssen. Wenn dir etwas angeboten wurde, sagtest du selten nein. Du warst weder pingelig noch verwöhnt, aber du hast im Laufe der Jahre deinen Geschmack verfeinert. Und vielleicht hast du dich an Luxus mittlerweile gewöhnt.

200 g Kirschtomaten
1 Mini-Salatgurke

Die Wohnung der Gastgeberin hatte neben einer schmal geschnittenen Küche ein kleines Gästezimmer, ein Schlafzimmer, das große Wohn- und Arbeitszimmer, in dem auch der lange Esstisch stand, ein Badezimmer und eine zweite zusätzliche Toilette. Außerdem gab es eine Kammer für die Waschmaschine und eine als Stauraum für Winterkleidung. Die Gastgeberin hatte nie zuvor so viel Platz gehabt, und sie hatte sich beim Einzug auf das Gestalten und Einrichten der Räume gefreut.

Anfangs schaffte sie vieles. Sie ließ von einem türkischen Schneider Kissen aus einem speziellen Wachsdruck-Stoff nähen, den sie geschenkt bekommen hatte. Sie tapezierte eine Wand in der Kleiderkammer mit Kakteen-Motiven. Sie suchte Lampen aus, sie hängte Bilder auf. Sie ließ den kleinen Durchbruch zwischen Küche und Esszimmer machen, sodass sich ein Durchgang ergab. Sie beriet sich mit Freunden und vergab Aufträge für verschiedene Arbeiten. Die Tischlerin hatte zu ihr gesagt: Das sind alles Jobs. Das machte die Gastgeberin stolz, sie war aufgeregt und voller Tatendrang. Im Alter von vierzig Jahren war ihr bereits einiges gelungen. Sie hatte Schönes und Trauriges erlebt. Sie übernahm die Verantwortung, die ein Mensch in der Hälfte des Lebens zu tragen hatte. Sie lud Freunde zu sich ein, kochte Abendessen, schenkte Wein aus.

Bis das Ganze ein wenig zur Ruhe kam. Die Wohnung war etwa zur Hälfte eingerichtet, da ging der Gastgeberin der Atem aus. Sie verlor die Lust, hatte anderes zu tun. Die äußeren Umstände erschwerten ihr das Weitermachen zusätzlich. Und dann wurde aus der Pause, dem Aufschieben, ein Stillstand. Aus dem Stillstand wurde ein Zustand, und aus dem Zustand ein psychologisches Problem. Oder sollte man sagen, ein psychisches Problem, das psychologisch zu behandeln war? Die Gastgeberin begann, dasselbe regelmäßig mit einer Therapeutin zu besprechen. Sie ging zu diesen Terminen gerne, war pünktlich und zuverlässig, aber sie räumte nicht weiter auf.

Vielleicht war die Gastgeberin mit ihren Bemühungen und ihrem Scheitern auch hundert Jahre zu spät? Womöglich hätten schon die Großmütter und Großväter die Zeit und die Möglichkeit haben müssen, etwas außerhalb ihrer selbst, des Herds und der Küche, der Werkstatt und des Stadels, des Kellers und des Dachbodens und einiger Busreisen in den Süden zu sehen und zu überdenken. Oder haben sie dies sogar unternommen, nur man wusste nichts davon, oder hatte es ihnen nicht zugetraut? Und hatten die Mütter und Väter darüber nachgedacht, wie mit diesem Wechsel vom allgemeinen Mangel zum allgemeinen Überfluss im Verlauf des zwanzigsten Jahrhunderts umzugehen war? Wo blieb das Bewusstsein, nachdem die Bedingungen des Seins

geklärt waren? Wie war man von einem Besitzlosen zu einem Besitzenden geworden, zu einer gebildeten Frau, zu einem Stadtbewohner?
Vermehrte das Nachdenken darüber bloß die Skrupel und hemmte damit die weitere Entwicklung? Hatte sie in ihrem Leben nicht die Aufgabe, die geschenkte und erarbeitete Freiheit voll auszuschöpfen? Die Menschen lebten doch heute fast alle, als gäbe es kein Morgen. Warum also stellte sich die Gastgeberin all die Fragen? Hatten diese den selbstauferlegten Stillstand hervorgerufen, während überall das Leben weiterging, alle älter wurden, Bäume pflanzten, Häuser bauten und Kinder zeugten?
Die Einladung an die Freunde zum Abendessen wäre doch ein geeigneter Anlass gewesen, die Bananenkisten in ihrem Leben endlich auszuräumen. Sinnbildlich gesprochen brachten ihre Gäste aber weiteres Obst ins Haus, und die Kisten wurden wieder befüllt, auch die leeren, die schon beinah beim Altpapier gelandet waren. Jeder von ihnen hatte sein Päckchen zu tragen, und, vielleicht, um nicht über die großen Probleme zu sprechen, sprach man über die kleinen. Und vergaß die kleinen über einem Glas Wein. Das Thelonious Monk Septet spielte *Abide With Me*. Welch schöne Melodie doch entstand aus einem Klagen!
Mit der geöffneten Flasche Rotwein kam die Gastgeberin, leicht wankend, zurück zu ihren Gästen. Diese waren heiter. Der Partner der Gastgeberin

empfing sie mit einem Blick, der bedeuten sollte, dass sie ihn zu lange mit den Gästen alleingelassen habe. Als sie sich setzte, bemerkte sie Senfflecken an ihrem schwarzen Overall, deren Zustandekommen durch das Tragen einer Küchenschürze ganz einfach zu verhindern gewesen wäre. Die Gastgeberin fluchte leise.

Da rief die Ehefrau enthusiastisch, unser Wein, und hinderte die Gastgeberin daran, ihren Wein auszuschenken und öffnete stattdessen das Gastgeschenk. Dabei filmte sie sich plötzlich selbst und die Gäste, die im Kreis um den Tisch saßen. Es wirkte nicht aufgesetzt, sondern funktionierte ohne Aufwand nebenbei. Sie kommentierte für die Aufnahme alles, was sie tat. Sie sagte, dass sie die Flasche nun öffne und den Wein in die Gläser einschenke. Sie beschrieb, wie seine Farbe war, und forderte den Schweizer auf, das Glas zu schwenken. Dann sagte sie, seht her, wie er im Glas atmet, wie er fließt, wie seine Tropfen hängen bleiben. Dann rief sie Cheers, stoppte die Aufnahme und postete das Video online. Dazu tippte sie in ihr Smartphone, während sie die Finger flach hielt, um das Display mit den lackierten Fingernägeln nicht zu berühren.

Es war verblüffend, wie die Ehefrau alles unter einen Hut brachte, Ehemann, Säugling, Flirts und Kulturtheorie. Wenn man sich ihr Onlineprofil ansah, erkannte man die Freundin nicht wieder. War das ein und dieselbe Person? Auf einem der Bilder sah man sie, oder eine Frau, die ihr ähnlich sah, mit breitkrempigem Boho-Hut und im Hippiekleid, den Säugling im Arm, auf einer bunten Picknickdecke aus indonesischen Ikat-Stoffen. Sie hatte ein Glas hausgemachter Limonade mit Minze und Brombeeren in der Hand, die Fingernägel waren in mattem Beige lackiert. Der Ehemann trug ausgewaschene Jeans, ein altes Shirt und ein grobes Flanellhemd offen darüber. Weit über seinen Ohren saß eine als High-Top-Beanie bezeichnete Mütze aus recyceltem Ozeanplastik. Die Details und Produktbeschreibungen konnte man in den Kommentaren unterhalb der Fotos nachlesen. Die Gastgeberin empfand bei der Betrachtung eine Mischung aus Neid auf das scheinbar gute Leben, das die anderen in ihren Bildern ausstellten, und Befremdung über diese Menschen, die im analogen Leben zwar nicht die besten Gäste, aber verträglicher waren als in ihren digitalen Selbstentwürfen.

Die Flasche Rotwein war gesponsert, und das Abendessen im Haus der Gastgeberin damit öffentlich ausgestellt und verlinkt mit dem Namen eines Weinhändlers, der bekannt war für seine kreativen Ideen. Im Video sahen sich der Ehemann und der Partner der Gastgeberin wegen ihres Outfits noch ähnlicher, und die Ehefrau, mit Herzchen in den Augen, hatte darüber eine Satzzeile gelegt: *Cutest*

Guys. Der Schweizer war im Bild angeschnitten und kaum zu erkennen, und die Gastgeberin machte in der gedanklichen Bewegung zwischen Küche und Esstisch ein verrutschtes Gesicht, wie dieses alberne Smiley, das den Kopf schief hielt, die Zunge herausstreckte und die Augen rollte.

Die Gastgeberin ging, ohne ein Wort zu sagen, allein auf den Balkon hinaus. Ein kleiner Oleander, den sie geschenkt bekommen hatte, war das einzige Grün dort. Dabei hatte sie von einem Balkon voller Kräuter und Blumen geträumt. Im nächsten Sommer würde es so weit sein, nahm sie sich vor. Da sie mit dem Rauchen aufgehört hatte, starrte sie nur minutenlang in den dunklen Innenhof. Dann stützte sie die Unterarme auf das Geländer, entspannte sich und sah der Katze auf dem hell erleuchteten Balkon darunter beim Schlafen zu. Von der Nachbarin und Katzenbesitzerin waren nur die Füße zu sehen, auch sie schien zu schlafen. Die Gastgeberin kniff die Lider zusammen. Auf dem Schemel neben den Füßen der Nachbarin lag ein zerfleddertes Buch mit dem polnischen Titel *Dystynkcja* von Pierre Bourdieu. Sie beschloss, beim nächsten Mal die Nachbarin einzuladen, und musste lächeln beim Gedanken an die feinen Unterschiede. Dann ging sie in die Küche zurück und nahm die fertiggebackene Quiche aus dem Ofen. Aus dem Esszimmer hörte sie das vorfreudige Summen der Gäste. Der Hunger kam verlässlich mit einer Quiche!

1 Problem oder kein Problem

Etwas hatte sich gewandelt. Alle schienen mit einem Mal gelöst und heiter, sie schwiegen und aßen, dann wieder erzählte einer eine Geschichte, und die anderen hörten aufmerksam zu, fragten nach oder nahmen den Faden auf und spannen ihn weiter. Diese Quiche war das richtige Essen mit den richtigen Gästen am richtigen Ort. Die Gastgeberin war glücklich. Sie trank Rotwein und lachte laut. Im Hintergrund spielte das Riccardo Del Fra Quintet. Die Songs waren bekannt, und doch klangen sie in der Improvisation neu, waren auch untereinander und zwischen den einzelnen Melodien verbunden, so wie in diesem Moment die Menschen an diesem Tisch in dieser Wohnung in dieser Stadt.
Hinter den Fenstern der Landespolizeidirektion gegenüber war noch Licht. Zwei junge Polizisten unterhielten sich und bliesen Rauch in die Abendluft hinaus. Ein Skateboardfahrer rollte unten vorbei, die abschüssige Gasse erhöhte sein Tempo. Auf einer Straßenseite waren vor kurzem Bäume gepflanzt und rundherum Beete angelegt worden, in denen Wiesenblumen wuchsen, Gräser und Stauden, die laut Stadtgartenamt robust und hitzeverträglich waren. Eingefriedet waren sie von Staketenzäunen aus unbehandeltem Haselnussholz. Die toten Stadtarchitekten des neunzehnten Jahrhunderts drehten sich ob der fehlenden Eleganz im Grabe um, aber die Lebenden des einundzwanzigsten Jahrhunderts

erfreuten sich an Bioprodukten. An den Rundpfählen der windschiefen Zäune hatten die Anrainer und Bewohnerinnen ihre Fahrräder angehängt. An einer Ladestelle wurde der Akku eines Elektroautos geladen, daneben parkte ein riesiger roter Landrover. Eine Frau führte an der Leine zwei große Doggen Gassi, in einem selbstgebastelten Fahrzeug aus zwei hintereinander befestigten Gartenstühlen mit Rollen fuhren zwei alte Leute, bepackt mit Einkaufstaschen, nach Hause. Ein Fähnchen, das beim Gartenstuhl des Mannes vorn befestigt war, wehte fröhlich im Fahrtwind. Eine Gruppe von Studierenden studierte im Schanigarten vor der Bar an der Ecke die Getränkekarte. Es gab dort ausschließlich Mezcal, dafür in allen Formen und Variationen. Auch der Thai-Spa auf dem höher gelegenen Ende der Gasse hatte längst geschlossen, und eine der Masseurinnen, die den ganzen Tag auf den Körpern der Kunden herumgeklettert war, verließ soeben als Letzte das Haus.

Der Quicheteig war knusprig geraten, fast bröselig, buttrig und gut gesalzen, die Füllung war mild, weich und mollig und hatte eine schöne gelbliche Farbe vom Dotter. Der Speck war kross und würzig, die Zwiebeln beinah süß, der Lauch auch. Der Salat passte dazu, er schmeckte, das waren die richtigen Wörter, tatsächlich sommerlich und leicht, der Senf in der Vinaigrette verlieh ihm eine subtile Säure und Schärfe. Der Partner der Gastgeberin hatte die Quiche vorsorglich in schmale Stücke geteilt, und alle nahmen sich reihum noch etwas davon, und noch einmal, bis sie ganz aufgegessen war. Der Schweizer steckte den Finger in die Salatschüssel und leckte die restliche Vinaigrette davon ab. Wie damals als Kind zu Hause! Die anderen lachten bei seinem Anblick und sagten zustimmend, ja, so müsse es sein. Man gratulierte der Gastgeberin zu einem gelungenen Abend, dem hervorragenden Essen. Man lobte ihr offenes Haus und ihren einladenden Tisch. Abermals entschuldigte man sich für das Zuspätkommen, aber nein, winkte die Gastgeberin ab, alles kein Problem.

Wieso sagten die Menschen in letzter Zeit so oft kein Problem? Wo es doch statt keinem eher viele Probleme gab. Es war schwierig mit den Wörtern in diesen Tagen. Aber das war es ja immer schon gewesen, nicht wahr?

1 Flasche Whisky
1 Flasche Kräuterlikör
1 Flasche Birnenbrand
1 Flasche Marillenbrand
1 Flasche Sliwowitz

Es gab zum Abschluss keine Blüten, keinen Goldstaub, kein Mousse aus Schafsmilch mit karamellisiertem Puffreis, keine Szechuanpfeffer-Creme mit Wasabi-Krokant, keine Zitronen-Ganache auf Stickstoff-Sorbet aus der Molekularküche. Nein, jetzt machte die Gastgeberin auch kein großes Aufhebens mehr.

Man war zur Playlist *Soulful Dinner* gewechselt, und es gab Twinni aus der Tiefkühltruhe. Sie brach die Eislutscher senkrecht in der Mitte, je ein grüner und ein orangefarbener waren miteinander verbunden und am oberen Ende mit Schokolade überzogen, und reichte jedem Gast das Eis am Stiel in der gewünschten Farbe. Alle freuten sich wie die Kinder, die sie in den achtziger Jahren gewesen waren, als es Twinni im Schwimmbad zu kaufen gegeben hatte für ein paar Münzen. Das übriggebliebene sechste Eis aß der Schweizer, der schmatzend erklärte, dass dies eben die Portion für seine Freundin sei. William DeVaughn schmolz zu den Lyrics von *Be Thankful for What You Got*. Es werde schon alles klappen bei der Jobsuche, munterten ihn dann die anderen auf, sie werde bald etwas finden.

Dem Partner der Gastgeberin fiel ein, dass er jemanden aus dem Wissenschaftsressort der hiesigen Tageszeitung kenne, vielleicht könne man dort zumindest vorstellig werden. Die Ehefrau rieb sich den Bauch und zog das knappe Kleid, das etwas hochgerutscht war, an den Oberschenkeln nach unten. Der Ehemann erinnerte sie daran, die Nachrichten auf ihrem Smartphone zu lesen, schließlich könne es sein, dass die Großeltern sich gemeldet haben. Ach, ich will nicht nach Hause, rief die Ehefrau ausgelassen. Gibt es noch Wein?

Niemand wollte Kaffee, es sei bereits zu spät, alle wollten Schnaps. Die Gastgeberin ging in die Küche und durchforstete ihre Vorräte. Es gab eine Flasche Whisky mit der Aufschrift *Writer's Tears*, außerdem Subirer, den Edelbrand der Vorarlberger Sau-Birne, Marillenbrand, eine Flasche kroatischen Šljivovica und einen herrlichen Kräuterlikör. Sie nahm alles aus dem Regal, stellte die Flaschen auf ein Tablett, griff nach den kleinen Schnapsgläsern vom Flohmarkt, Souvenirs aus Mariazell, Lienz, Mittenwald, und brachte alles ins Esszimmer.

Die Gäste wollten alles testen, sie fingen an mit *Writer's Tears*. Dabei war keinem nach Weinen zumute, nicht einmal mehr der Gastgeberin. Die Obstbrände schmeckten scharf, die Gäste verzogen das Gesicht beim Trinken, aber sie verlangten nach mehr. Der Kräuterlikör dagegen war süß wie Zucker und schmeckte nach Zimt. Die Stimmung war gelöst, aus Unverträglichkeiten waren Verträglichkeiten geworden, nicht bloß auf die Nahrungsmittel bezogen. Und wenn jetzt niemand ein Foto schießen wollte, dann konnte der Augenblick auch

ein wenig verweilen, denn er war wirklich schön. Ach, wäre es den Menschen gegeben, großzügig zu sein mit dem Verstreichen der Zeit!
Kennt ihr dieses Kinderbuch aus den achtziger Jahren, fragte die Gastgeberin selig in die Runde, *Der Frieden fängt zu Hause an*? Die anderen lachten, nickten, nur der Schweizer kannte es nicht, er hatte damals das *Schellen-Ursli* vorgelesen bekommen. Und so hätte der Abend fortlaufen können und friedlich zu Ende gehen.

4 Gigabyte

Erinnerst du dich an dieses unglaubliche Essen in Aserbaidschan? Euch waren Sitzplätze an großen runden Tischen zugewiesen, in deren Mitte Teller und Schüsseln voll mit frischen grünen Kräutern standen, die ihr während des Essens und zwischen den Gängen büschelweise in den Mund schieben solltet. Es schmeckte so frisch und ungewöhnlich, wie es seither nie mehr schmeckte. Dazu wurde in Wassergläsern Wodka gereicht, schon mittags. Abends kamen die Trinksprüche hinzu, man war angehalten, aufzustehen, um eine kurze Tischrede auf die je eigene Nation zu halten. Als du an die Reihe kamst, hast du etwas anderes gesagt und in deinem Dialekt gesprochen, um nicht verstanden zu werden. Währenddessen liefen schwarzgekleidete Männer um die Tische herum, sie waren mit Walkie-Talkies ausgerüstet und wichen euch auch all die Tage nicht von der Seite.
Woran erinnerst du dich außerdem? An A wie Abu Dhabi? Man durfte Alkohol bekanntermaßen nur in den Rooftop-Bars der internationalen Hotels trinken. Jedes Mal wurdest du vorher nach deinem Reisepass gefragt. Du hast im Wüstenstaat ständig gefroren, weil die Innenräume durch die Aircondition so heruntergekühlt waren. Bei den offiziellen Empfängen gab es als Drink zum Anstoßen cremigsüßlichen Avocadosaft.
Und erinnerst du dich an Kenia? Das britische Teeservice am Morgen, daneben die Affen, die dir das

Toastbrot geklaut haben? Und die Studentinnen, die unbedingt Schwarzwälder Kirschtorte essen wollten im Supermarkt in Nairobi? Und erinnerst du dich an das Mittagessen an der Universität? Es gab dort eine einfache Mischung aus Bohnen, Süßkartoffeln, Reis und Okraschoten, dazu Fladenbrot. Und Softdrinks aus großen PET-Flaschen. Im Essen steckte immer schon die Geschichte eines Landes, und seine Gegenwart.

Erzähl von dieser Reise nach China, als ihr sehr jung gewesen seid! Ihr konntet weder die Sprache sprechen noch die Schriftzeichen lesen, und es gab damals auch kein mobiles Internet. Hungrig deutetet ihr auf die Wörter in der Speisekarte eines Restaurants. Und als ihr das Essen dann serviert bekommen hattet, wart ihr euch ganz sicher, so etwas wie Krokodil, Hund oder Schildkröte zu essen. Später habt ihr das Wort übersetzen lassen und wart so erleichtert wie enttäuscht darüber, dass es sich doch nur um Rind gehandelt hatte. Das Bier gab es in der Gasse in durchsichtigen Plastiksäckchen, beim Heimgehen ließ man die Säckchen fröhlich in der Hand baumeln. Das Ausschenken in ein kleines Trinkglas war gar nicht so einfach. Schenke einmal Bier aus einem dünnen Säckchen aus! Am Ende der einmonatigen Reise dann dieser nicht enden wollende Durchfall auf der öffentlichen Bahnhofstoilette, ohne Sichtschutz, ohne Klopapier, ohne

Wasser. Man musste sich über ein Loch im Boden hocken und wurde von den Chinesinnen rundum genauestens beobachtet. Du hast dir den Schal über dein Gesicht geschlagen und einfach weitergemacht. Auch das gehörte zu den Erfahrungen mit dem Essen unterwegs.

Und in Japan? In Japan war das Essen einfach nur herrlich. Die Essbrettchen, die Keramikschalen, das Porzellan, selbst das Plastik! Die Essstäbchen, die Teekannen. Der Whisky Highball in großen Biergläsern. Einen Schuss Whisky, einen Spritzer Zitrone, aufgefüllt mit einem halben Liter Sodawasser und Eiswürfeln. Gyoza, die gebackenen Teigtaschen und dazu scharfes koreanisches Kimchi. Eisbergsalat mit salzigen, knusprigen, schwarzen Wakame-Algen. Das T-Shirt des Kochs mit der Aufschrift: *No Gyoza, no Life*. Seetangsalat mit Gurke, heller Seidentofu. Dünne Scheiben von Gemüse, einmal gebraten, einmal glasiert, einmal eingelegt, alles übereinandergeschichtet. Winzige Portionen. Fermentiertes, Kaltes, Karamellisiertes. Nudelsuppe mit Frühlingszwiebeln garniert und weißem Sesam. Süßes Gelée aus gekochten Nashi-Birnen als Dessert. Single Malt Yoichi hinterher an der Bar. The Yamazaki. Scharf angebratenes Rindfleisch, innen roh, dazu fein aufgeschnittene Rüben. Gebratener Fisch mit Wasabi. Bananenstücke im vor Honig triefenden Teigmantel mit Essstäbchen zum Mund geführt! Süße Klebreisbällchen am Spieß, in geröstetes Sojamehl getunkt, sogenannte Kibi Dango, gereicht über die Gasse, in rosafarbene Papiertüten gesteckt. Französische Backwaren und Kaffee in Roppongi Hills mit seinem vierundfünfzig Stockwerke hohen Mori Tower.

An die vierhundert Fotos von Tellern mit verarbeiteten und arrangierten Nahrungsmitteln hast du in den letzten Jahren mit deinem Smartphone aufgenommen. Selbstgekochtes Essen, Einladungen bei Freunden, Heimisches, Internationales, Alltägliches, Spektakuläres. Wozu diese Aufnahmen? Als Erinnerung? Aus Freude? Ein Festhalten des Moments, vor dem Hineinbeißen? Bevor die Teller leer sind?

Zu viel Senf

Billy Paul schmetterte *Me and Mrs. Jones.* Aber es wären nicht die zwanziger Jahre des neuen Jahrtausends, das Zeitalter von Social Media, eine Epoche voll von spontanen Einfällen für eine Verabredung und zahlreichen Alternativen zu einem einmal geplanten Abendprogramm, wären die Gastgeberin und ihre vier Gäste auch wirklich unter sich geblieben.

Eine Nachricht auf dem Smartphone der Ehefrau schreckte die mittlerweile traute Runde auf. Sie kam nicht von den Großeltern, die, in schlafwandlerischer Erinnerung an ihr Elterndasein vor bald vier Jahrzehnten, den Säugling mit dem Fläschchen gestillt, ihn gewaschen, gewickelt und ins Bett gebracht hatten und nun, Stunden später, das Ehepaar womöglich nach Hause bitten wollten. Die Nachricht kam via Messengerdienst von den Amerikanern, die sich, gleichsam eingeladen durch das gepostete Foto im Internet, sowohl dasjenige aus der Bar als auch das darauffolgende Video vom Esstisch der Gastgeberin inklusive Ortsangabe, bereits im Viertel befanden, in der Nähe der Landespolizeidirektion, und freundlich nach der genauen Adresse fragten. Von der Bar in der Innenstadt aus hatten sie sich zu Fuß auf den Weg gemacht, das Rathaus besichtigt, den weitläufigen Platz vor der Nationalbibliothek, den Park nahe dem Theater, wo die vielen Rosen blühten. Auf halbem Wege waren sie eingekehrt, hatten dann die Straßenbahn genommen und waren just bei der richtigen Haltestelle wieder ausgestiegen. Verblüffend, wie sehr die digitale Landkarte ins Detail ging, während den Reisenden, die ihren Routenvorschlägen folgten, nicht immer ganz klar war, in welchem europäischen Land an Tag zwölf oder dreizehn ihres Städtetrips sie sich eigentlich gerade befinden mochten.

Schon läutete es an der Tür, alle sprangen auf und liefen in den Flur. Die Gastgeberin, im schwarzen Overall voll mit gelben Senfflecken, fluchte über verspätete und über ungebetene Gäste, während ihr Partner versuchte, sie mit Glaubenssätzen des berühmten Kochs zu besänftigen, *Open House* bedeute schließlich offenes Haus. Die Ehefrau hob entschuldigend die Arme, wobei ihr Kleid an den Oberschenkeln gefährlich weit nach oben rutschte, und machte dabei ein Gesicht zwischen Bedauern und Überforderung. Schon blitzte ein weißes Haar an ihrem Scheitel auf, das vorher nicht da gewesen war. Der Ehemann warf ihr seinerseits vor, dass sie die Amerikaner, nachdem sie sie losgeworden waren, mit den Fotos im Internet wieder angelockt habe. Der Schweizer fragte, ob die auch Französisch sprächen, er sei im Englischen etwas aus der Übung, und stahl sich Richtung Balkon davon, *fumer une cigarette*. Du hast uns doch den halben Abend lang erklärt, was man im Englischen sagen könne und was nicht, rief ihm die Gastgeberin nach. Ihr Partner vergewisserte sich, dass der Schweizer den Aschenbecher nach draußen mitgenommen hatte. Minka, die Katze, schlief einen Stock tiefer den Schlaf derjenigen, die sich um nichts zu kümmern brauchten.

Es klopfte, und die Gastgeberin öffnete. *Hi Folks*, sagte der Amerikaner und wirkte sympathischer als auf dem Foto und vom Ehemann beschrieben. Die Amerikanerin trat in den Flur herein, sie fiel dem Ehemann um den Hals und küsste die Ehefrau, *Best Friends Forever*. Die Amerikaner stellten sich gleich den anderen vor und fragten, ob sie ungelegen kämen. Keineswegs, rief die Ehefrau, um Zweifel gar nicht aufkommen zu lassen. Dann überreichte der Amerikaner der Gastgeberin eine Flasche Rotwein aus dem Lokal, in welches sie, auf dem Weg hierher, eingekehrt seien. Der Schweizer kam neugierig vom Balkon zurück, stellte sich gleich als Professor an der Universität vor und lachte viel und laut.

Die Gastgeberin sah den Amerikaner an, er war groß gewachsen wie ein Basketballspieler und nicht mehr ganz jung. Seine Freundin zog gleich ihre Schuhe aus und behielt die Mütze, unter der ihre kurzen Haare versteckt blieben, auf. Lachend deutete sie auf den Partner der Gastgeberin und fragte, ob er der Bruder des Ehemanns sei. Dieser verneinte und bot den Neuankömmlingen an, sie durch die Wohnung der Gastgeberin zu führen. Er hatte sein geschmeidigstes Englisch von der German International School New York ausgepackt und unterhielt sie mit einer Mischung aus Stand-up-Comedy und Pseudointellektualität. Der Schweizer schloss sich dem Trio an, ab und zu warf er ein französisches Wort ein, um sich interessant zu machen, während die Ehefrau sich im Flur weitere Anschuldigungen des Ehemanns, nun im Flüsterton vorgetragen, gefallen lassen musste.

Die Gastgeberin ging in die Küche, öffnete die Flasche, die die beiden Amerikaner mitgebracht hatten, und füllte den Rotwein in eine Glaskaraffe, diesmal würde der *Hashtag* lauten: *No Label*. Sie nahm zwei Weingläser aus dem Küchenregal und folgte damit der kleinen Gruppe, die sich um ihren Partner geschart hatte, der wie ausgewechselt schien. Die Amerikanerin rief nach dem Ehepaar, sie wolle gern mit allen anstoßen. Zu siebt, oder sagte man zu siebent, standen sie am Ende des Flurs, zwischen dem hofseitigen Schlafzimmer und dem straßenseitigen Gästezimmer. Die Landespolizeidirektion gegenüber lag sämtlich im Dunkeln, auch auf der Gasse draußen war es ruhig geworden. Du bist vor kurzem eingezogen, fragte die Amerikanerin, und deutete auf die Bananenkisten. Ich handle mit Bananen, sagte die Gastgeberin, Import-Export.

Der Ehemann sah müde aus, seine Leinenhose war zerknittert vom langen Sitzen, er drängte darauf, nach Hause zu gehen. Wenn er heim will, bleibt eben sein Bruder hier, schlug die Amerikanerin der Ehefrau vor und knuffte dabei den Partner der Gastgeberin in die Seite, als hätten die beiden eine Übereinkunft unter Kumpels getroffen. Die Ehefrau zwinkerte dem Partner der Gastgeberin zu, die Gastgeberin wiederum ärgerte sich über die neckische Provokation der jungen Amerikanerin und flirtete doch gleichzeitig mit dem Amerikaner. Die Ehefrau zupfte ihr Kleid zurecht. Es war, das sollte ihr einmal gesagt werden, einfach zu klein geschnitten.

Man stieß auf den fortgeschrittenen Abend an. Die Amerikanerin machte ein Foto von allen. Mittlerweile nahm auch den Schweizer nicht mehr wunder, dass man heute Cheers sagte. Der Rotwein war zu leicht und zu süß für das Ende eines Abends. Ihr hattet Pizza, fragte der Amerikaner. Habt ihr noch Hunger, fragte die Gastgeberin. Die Amerikaner verneinten, sie hätten bereits zu Abend gegessen, etwas typisch Böhmisches oder Mährisches, sehr *heavy*. Die regionale Differenzierung war bei dieser Art von Speisen nicht unbedingt nötig, aber die Gastgeberin rechnete es den Amerikanern als höfliche Interessenbekundung an. Bei uns gab es Quiche Lorraine, sagte der Schweizer auf Englisch

mit betont französischem Akzent. Quiche, rief der Amerikaner mit US-amerikanischem Akzent, du bist eine gute Gastgeberin! Er lächelte die Gastgeberin freudestrahlend an.
Wahrscheinlich war es, weil sie zu viel getrunken hatte, den Crémant, den Wein, die Schnäpse, dass der Gastgeberin in diesem Moment fast die Tränen kamen. Du bist eine gute Gastgeberin. Sie sah ihn an. Es war, als hätte ihr der Amerikaner mit diesem Satz sein Vertrauen ausgesprochen. Obwohl er sie doch kaum kannte. Und obwohl die transatlantischen Beziehungen auf politischer Ebene in den letzten Jahren doch von schwerwiegenden *Trust Issues* geprägt waren. Eine gute Gastgeberin. Es klang so, als wäre der Amerikaner den weiten Weg hierhergekommen, um ihr zu sagen, dass sie nun wirklich erwachsen geworden sei. Dass sie das Leben meistere. Dass sie eine Freundin sei, umgeben von Freunden.
Kein Song einer Playlist konnte ausdrücken, was sie in diesem Moment empfand. Ihr Haus stand offen wie ihr Herz. Es kam ihr so vor, als hätte der Amerikaner sie wirklich gesehen, als hätte er in ihr Artischockenherz geblickt, als hätte er all die Zweifel, die sie hegte, und die Ansprüche, die sie an sich und die anderen stellte, darin ablesen können. Als wollte er die scheinbaren Gegensätze versöhnen, das Intime mit der Öffentlichkeit, die Last der Herkunft mit der Freiheit der individuellen Entscheidung.

Oder war es umgekehrt, das Privileg der Herkunft mit der Bürde der freien Entscheidung?
Wer war sie denn in den Augen des fremden Gastes? Ein Mensch in einer Wohnung in einer Stadt im einundzwanzigsten Jahrhundert? Beschäftigt mit nassen Schuhen, Wachstropfen und Senfflecken, mit Asche und mit Wasserlacken, mit Timer und mit Temperatureinstellungen. Und fing der Frieden wirklich zu Hause an, wie in diesem Kinderbuch aus den achtziger Jahren, hier in diesem Flur, hier in dieser Küche, hier an diesem Esstisch? Die Gastgeberin war betrunken genug, das Wort Frieden in ihrem Herzen, in dessen Innerstem der Amerikaner lesen konnte, stehen zu lassen. Gab es denn ein besseres Wort, eines, das geeigneter war? Hieß es auf Deutsch eigentlich der, die oder das Frieden? Der Friedensdiskurs war ja spätestens seit den achtziger Jahren um vieles komplexer geworden, ein Thema ohne Anfang und Ende. Und wer wollte an einem Abend wie diesem mit dem Wording allzu streng sein? Das konnte er alles sehen, dieser Brad oder Jack oder Matt. Gleich würde er seine *Peacekeeping Operation* fortsetzen und tiefer ins Land vordringen.
Wie heißt du eigentlich, fragte die Gastgeberin, denn sie hatte es nach dem Begrüßen, wie immer, sofort wieder vergessen. Joe, sagte er. Joe, wiederholte die Gastgeberin schwärmerisch, ein so seltener

Name. Blick Bassy spielte *Aké*. Manchmal fand der Algorithmus etwas, das man nicht erwartet hatte. Es war ein feiner Song, so still, zart gesungen, suchend, rufend, die Mundharmonika dazwischen wie das Zirpen von Grillen. War das der Sound, der sich als Begleitung für den internationalen Launch eines neuen Smartphones mit schnellerem Prozessor, verbesserter Kamera und längerer Akkulaufzeit eignete?

25 Liter Crémant
pro Quadratmeter in
1 Stunde macht
1 Unwetter

In der Küche saß die Ehefrau mit dem Schweizer und dem Partner der Gastgeberin und trank Rotwein. Das, was sie machten, bezeichnete man neuerdings immer öfter als Deep Talk, auch wenn das Gespräch flacher wurde mit zunehmendem Alkoholkonsum. Der Crémant hatte einen weitläufigen, nicht sehr tiefen See gebildet, der den Innenhof bewässerte und sich aus einem Zufluss aus Rotwein speiste. Die Mauern des Hauses, in welchem die Gastgeberin wohnte, bildeten das Ufer.

Al Green versprach *Love and Happiness*. Die Gastgeberin stand mit dem Amerikaner auf dem Balkon und sah auf den See hinunter, dessen Oberfläche wie ein Spiegel glänzte. Sie unterhielten sich über *Potluck*, diese Essenseinladung, die die Gastgeberin aus Amerika kannte, bei der jeder Gast aufgefordert war, für das Buffet etwas Selbstgekochtes mitzubringen. Das Prinzip des *Potluck* sei eine schöne Metapher für Begegnung, sagte der Amerikaner, und die Gastgeberin nickte bereitwillig, denn sie hatte Lust, dem Amerikaner zu begegnen. Jeder trage etwas Kleines bei, in Summe ergäbe sich eine reiche Vielfalt von, ja, Topfglück. Die Gastgeberin hatte verstanden, sie sah in den Innenhof hinunter, wo sich ihr Spiegelbild im Dunkel der Nacht schemenhaft zeigte.

Sie beobachtete an der Wasseroberfläche, wie die Hand des Amerikaners zu ihr wanderte und ihre Hand nahm, und wie er sie dann zu sich zog, ihren ganzen Körper. Wie ihre Füße abwarteten und auf derselben Stelle verharrten, die Gastgeberin sich aber mit dem Kopf nach vorn lehnte wie beim Abwaschen von Geschirr, und wie sie zuerst nur ihre Stirn an seine presste. Weiteres konnte sie dort unten im Spiegelbild nicht beobachten, denn ihr Augenpaar war jetzt auf ein gegenüberliegendes Augenpaar gerichtet, das größer wurde und ihr Blickfeld ausfüllte. Diese Augen waren braun und hatten grüne Einsprengsel. Aber auch das konnte sie nicht mit Sicherheit sagen, denn die Nacht war gar diskret. Sie küsste den Amerikaner auf den Mund, das war ihr kleiner Beitrag zu diesem *Potluck*.

Der Ehemann hockte auf dem bis dahin unbenutzten Sofa im Gästezimmer der Gastgeberin. Er war müde und sah um Jahre gealtert aus. Seine Ausstrahlung, seine Ruhe, sein Optimismus waren auf dem Weg zwischen Esszimmer und Gästezimmer verloren gegangen. *Gloomy Sad Emoji Emoticon Looking Down*. Der Säugling habe in letzter Zeit kaum durchgeschlafen, leide an Durchfall infolge von Unverträglichkeiten. Die Ehefrau kümmere sich, seit sie abgestillt habe, wenig, das sei freilich ihre historische Chance, er übernehme das meiste. Sobald er selbst einmal doch das Haus verlasse, sei er besorgt um das Wohlergehen des Säuglings in der Obhut der Großeltern, die schließlich nicht mehr die jüngsten und in allen Fragen der Säuglingspflege

anderer Meinung waren. Der Generationenwechsel sei ein Prozess, der, aus seiner Sicht, mit dem eigenen Vaterwerden nicht abgeschlossen war.
Die Amerikanerin saß bei ihm und hörte ihm geduldig zu. Unter ihrer Mütze gab es Platz für viele Sorgen. Sie war jung und wusste viel zu genau, was sie wollte vom Leben. Oder wusste sie es eben gerade nicht? Eins von beidem, der Ehemann hatte nicht zugehört, als sie darüber gesprochen hatte. Sie hatte auch das Missverständnis während der Diskussion in der Bar in der Innenstadt aufklären wollen, man müsse ihren Boyfriend verstehen, er sei Sternzeichen Löwe, habe ein ausgeprägtes Selbstbewusstsein, aber der Ehemann hatte bloß genickt und dann wieder von Schnullern, Lätzchen und Windeln gesprochen. Von Rasseln, Bauklötzen und Babykotze. Nur bei der Erwähnung von *Pu der Bär* hatten seine Augen geleuchtet, aber das war ja auch kein Kinderbuch.
Das erste Jahr sei doch bekanntermaßen das härteste, das Paar verliere sich und finde sich danach wieder. Der Ehemann ging fremd in Gedanken. Wie wäre es, würde er noch einmal neu beginnen? Viel zu detailliert dachte er darüber nach, oder sprach er es, befeuert vom Alkohol, bereits aus? Mit einer Greencard oder mit einem Arbeitsvisum, er könnte als Lehrer arbeiten an einer Highschool. Aber wie wenig fair wäre das gegenüber seiner Ehefrau, fiel

er sich selbst ins Wort, und was würden die Großeltern dazu sagen? Es würde wie Midlife-Crisis aussehen, er würde wieder T-Shirts tragen und Mützen. Gut, musste er zugeben, das tat er ohnehin bereits. In Amerika wäre er Fan des im betreffenden Bundesstaat ansässigen Clubs, was wäre das denn in ihrem Fall? Die Amerikanerin antwortete, der Club heiße Hawkeyes, der Schlachtruf sei: *Go Hawks! Go Hawks*, flüsterte der Ehemann, und ihm war, als wüchsen ihm Flügel, während die Amerikanerin seine Schenkel berührte.

In der Küche am kleinen Tisch beim Fenster saß die Ehefrau mit dem Schweizer und dem Partner der Gastgeberin. Den Ehemann habe in der Bar auch der Interventionismus des Amerikaners gestört. Dass man den angeblich rückschrittlichen Ländern Demokratie bringen müsste und so weiter. Der Partner der Gastgeberin war davon überzeugt, dass seine Freundin, bis auf die Idee mit der Schürze, keineswegs rückschrittlich war, so müsste der Amerikaner, der sich mit ihr seit geraumer Zeit auf dem Territorium des Balkons befand, ihr auch nichts bringen, weder Demokratie noch *Love*. Ihr Ehemann nehme in letzter Zeit die Dinge weniger leicht als früher, unterbrach ihn die Ehefrau. Der Säugling sei ja auch schwerer als am Anfang, allerdings befinde er sich nicht im Normbereich. Auch wenn man den Begriff der Norm in Bezug auf Menschen nicht mehr verwende, wiege der Säugling zu wenig. Der Partner der Gastgeberin und der Schweizer hörten bemüht zu und versuchten, sich den Unterschied von einem Kilo bei einem Säugling vorzustellen, der, da nicht mehr gestillt, gar kein Säugling mehr war, sondern ein Kleinkind. Ein Kilo, sagte der Schweizer, das seien fünf Packungen *Floralp*-Butter, so habe man ihm das beim Intervallfasten erklärt. Fastest du etwa, fragte die Ehefrau ungläubig.

Der Ehemann habe ihr wegen des Abgestillthabens nicht explizit Vorwürfe gemacht, erzählte sie weiter, sie habe aber den Eindruck, er nehme es trotzdem persönlich. Er übertrage, führte sie aus, die Defizite seiner eigenen Mutter-Sohn-Beziehung, das Bedürfnis nach Zuwendung und die unbearbeiteten Traumata, somit auf sie, die Ehefrau. Freilich seien sie seit Monaten kein Liebespaar mehr, aber man höre doch, dass das erste Jahr mit Kind das schlimmste sei. Er habe gehört, es sei das schönste, widersprach der Schweizer, räumte aber ein, dass er selbst diesbezüglich keine Erfahrung habe.

Man spreche viel zu oft von Traumata, sagte der Partner der Gastgeberin spöttisch, alle wünschten sich wohl so sehr ein Schicksal. Die Ehefrau lachte. Das Traumata, würden die Leute sagen. Dabei hieß es doch das Trauma und die Traumata. Die lackierten Nägel der belesenen Ehefrau glänzten im weißen LED-Licht, das über der Arbeitsplatte in der

Küche angebracht war. Die Augen des Partners der Gastgeberin ruhten auf ihr. *Can't Get Enough Of Your Love, Babe*, warb Barry White um ihre Aufmerksamkeit. Sie sah gut aus, dabei war das nicht ihre Aufgabe, nicht ihre Bestimmung und auch nicht ihre einzige Rolle an diesem Abend. Es war ihr eher unterlaufen im eleganten Zusammenspiel von Lektüre und Nagellack, von Feminismus und Schönheit.

Das Smartphone des Schweizers läutete, er verließ die Küche Richtung Esszimmer. Seine Freundin wollte wissen, wann er nach Hause komme. Er solle bleiben, so lange er wolle, es gehe bloß um den Schlüssel, um die Nachbarn und um die beiden Katzen, um die Verabredung zum Brunch am nächsten Tag mit ihren Eltern und um die geplante Wanderung am Wochenende. Sie vereinbarten, dass der Schlüssel unter der Fußmatte zu finden, dass der Schweizer leise sein werde, um die Nachbarn nicht zu wecken, dass er im Dunkel der Wohnung nicht auf die Katzen treten und nicht stolpern werde, dass er nicht zu verkatert sein werde ob der geplanten Wanderung und des Brunchs mit den Schwiegereltern. Eine Quiche für fünf Personen, das sei auch einfach zu wenig, beklagte sich der Schweizer, er sei ohnehin schon wieder hungrig. Liebst du mich, fragte die Freundin. *Es bitzeli*, sagte der Schweizer und meinte damit, dass er sie sehr liebe. Danach leg-

te er auf, nahm den Kräuterlikör aus dem Esszimmer mit in die Küche und füllte bei Mariazell, Lienz und Mittenwald noch einmal nach.
Give Me the Night, forderte George Benson. Die Ehefrau, der Schweizer und der Partner der Gastgeberin tranken Brüderschaft, dann tranken sie Schwesternschaft, dann schlürften sie Kräuterlikör aus dem Nabel des jeweils anderen, wie sie es als Jugendliche zuletzt gemacht hatten. Damals eine Geste der Sublimation, war es heute ein Schritt unter mehreren zur Erreichung des sogenannten Triebziels. Wer war auf diese Idee gekommen? Die drei kicherten wie Teenager. Schließlich war es gar nicht so einfach, bloß den Bauch freizumachen, wenn man ein Kleid trug.

1 Leberkässemmel
1 Qualitätszeitung von gestern

Erinnerst du dich an die warmen Apple Hand Pies in Amerika, die kleinen Apfeltaschen aus Mürbteig, eingepackt in leichtes Papier, nach diesem Ausflug zum Obstgarten von Wilson's Orchard? Eine Katze lag neben euch im Gras, ihre Tatze verhedderte sich allmählich im Bart eines Kollegen. Die Bilder auf deinem Smartphone versammelten die visuellen Souvenirs vom guten Essen. Aus welchem Grund machtest du diese Schnappschüsse? Weshalb wolltest du dich erinnern können?
In deiner Küche, in einer braunen kleinen Schale, bemalt mit Fischen, der rote Radicchio mit kleinen Orangenstücken dazwischen, die beinah leuchteten. Ravioli mit gebratenen Zucchiniblüten. Rote Melonen, aufgeschnitten, dazu rote Erdbeeren. Ein Omelette mit Heidelbeeren und weißem Zucker.
Bei einem Ausflug durch das oberösterreichische Land ein Holzbrett, aufgenommen von oben, in seinem Zentrum eine schmale hellgrüne Pfefferoni, zwei Gurken, der als Kren bezeichnete Meerrettich. Pikantwurstscheiben, gepökelter Speck, aufgeschnittener Braten, Butter, Schafskäse mit Schnittlauch, Zwiebeln. Wer hätte das alles essen sollen?
Ostereier in allen Farben mit Mustern von Blättern und Schnüren, die nach dem Färben entfernt worden sind. Die Eier glänzten, eingefettet mit einer Schwarte Speck.
Und wieder Erdbeeren. Das Foto eines geschmück-

ten Geburtstagskuchens, den eine Freundin für ihren Sohn gebacken hat.
Geschmortes Ofengemüse mit schwarzem Sesam.
Zwei Forellen, bevor sie ins Rohr geschoben würden, mit Kräutern, Zitrone und Knoblauch gefüllt. Die metallen schillernde Fischhaut von roten Punkten übersät.
Das Bild einer halb ausgelöffelten Khaki. Ein Faschingskrapfen und eine chinesische Teekanne.
Das Foto eines Marktstands, der auf einem handgeschriebenen Plakat grüne Äpfel in Aktion anbot, geschrieben als *Grenismis*.
Eine Udon-Nudelsuppe.
Ein Stück Torte, unten ganz dunkel, der Boden aus Mohn, in der Mitte cremig und rosa, oben die rote Glasur wie aus durchsichtigem Gelée.
Gefüllte rote Paprika mit Reis. Frittatensuppe, Frittatensuppe und immer wieder Frittatensuppe. Gefüllte Krautrouladen im Wirtshaus. Winzige Brötchen in der Konditorei.
Daheim Schüsseln und Schalen voll Salat.
Ein herrlich gegrillter Fisch im Hafenviertel der norwegischen Stadt Bergen. Das Foto des verspeisten Fisches in Bergen.
Chili con Carne. Eine Leberkässemmel im Zeitungspapier. Der herrliche selbstgekochte Kabeljau, ein Mitbringsel aus Norwegen, nach Rezept zubereitet und wie durch ein Wunder gelungen.

Ein Gugelhupf unter einem Glassturz. Ein Finger deutete darauf.

Das Video eines Omeletts, das in der Pfanne briet, während klassische Musik im Hintergrund lief. Erinnerung an eine schöne Mittagsstunde, selbstvergessen, vorfreudig.

Ein Foto eines Tellers aus dem Restaurant *Luden* in Den Haag, darauf zu sehen zwei Toaststücke, belegt mit zwei der typischen Kroketten mit Fleischfüllung, dazu knallgelber Senf und ein bisschen Salat. Sie schmeckten dir nicht besonders, aber diese Reise war schön.

Eine Bouillabaisse. Wieder eine Frittatensuppe.

Ein Glas grünen Matcha Lattes mit geschäumter Sojamilch, grüne japanische Schriftzeichen auf hellem Schaum als Schmuck. Auf einem blau-weißen Unterteller aus Keramik, der wiederum auf einem runden schwarzen Tablett abgestellt worden war. Daneben ein Onigiri-Sandwich aus Reis, umwickelt mit dunkelgrünen Nori-Algen.

Eine aufgeschnittene Avocado, Prosciutto crudo, ein Stück dunklen Brots. Eine türkisfarbene Schale mit Orangen, Zitronen, einer Grapefruit und Limetten. Ein Teller aus Stein, schwarz und weiß, darauf zwei große Amalfi-Zitronen aus dem Süden, noch mit grünen Blättern daran.

Eine flaschengrüne Keramikschale, darin rote Ribisel und dunkle Trauben. Wassermelonensalat mit

Feta und Minzblättern, ja. Eine geviertelte Feige mit einem Stück Käse in der Mitte.

Das Foto eines Schneemanns aus Speiseeis. Das Foto eines kleinen Häschens aus einer Wurst und Oliven. Das Foto von schwarzgefärbtem Halloween-Leberkäse aus einem Prospekt aus dem Supermarkt.

Ein pochiertes Ei. Die orangefarbenen Kügelchen von Forellenkaviar auf einem Butterbrot.

Mini Meatball Soup With Broccoli And Orecchiette aus der Rezeptsammlung von *New York Times Cooking* im Internet.

Ausgebreitet auf einem blau-weiß-karierten Geschirrtuch, auch genannt Grubentuch, wurmstichige Äpfel aus einem fremden Garten. Ein Apfelkompott mit Anisstern.

Die nachgekochte Suppe aus *New York Times Cooking*.

Ein kleines gebasteltes Zitronenschweinchen zu Silvester, mit Beinen aus Streichhölzern, Ohren aus Mandeln, Augen aus Nelken und einer Kupfermünze im Maul.

Joghurt mit Himbeeren, Blütenpollen und einem Tropfen Öl mit Zimtgeschmack.

Kalbsschnitzel, fein geschnitten, zur Zubereitung von Saltimbocca vorbereitet.

Eine Apfeltarte, glasiert mit Marmelade und geschmückt mit Nüssen und getrockneten kleinen

Rosen. Danach im Tiefkühlfach gefroren und zwei Jahre lang nicht mehr herausgenommen und gegessen.
Austern mit Zitronen, eine Flasche *Ruinart*.
Das Foto eines gedeckten Tisches von oben, die Teller leergegessen, die Tassen und Gläser ausgetrunken. Ein riesiger Tierschädel in der Mitte. Es handelte sich, das gesamte Arrangement, um ein Kunstwerk von Daniel Spoerri.
Eine Quiche, beinah zur Hälfte aufgegessen.
Eine herrliche Suppe bei der Cousine auf der Terrasse im kühlen April.
Eine Flasche Wein in den Weinbergen, mit Blick auf die Stadt.
Grüner Spargel mit Ei und Kresse.
Frischgebackene Scones, die auf *Clotted Cream* warteten.
Eine Hand mit rotlackierten Fingernägeln, die eine Tüte hielt, darin eine Kugel grünen Matcha-Eises und eine Kugel grauen Sesam-Eises. Ein Kind mit blauem Sommerhütchen, das uns eine rote Erdbeere entgegenstreckte.
Geschnittene rote Paprika, die wie viele rote Lippen und Münder dort auf dem schwarzen Schneidbrett liegen.
Gebratene Kartoffeln.
Äpfel und Salbei in einer silbernen Schüssel.
Ein Daifuku Mochi.

In Italien zum Kaffee mit süßer weißer Creme gefüllte Stanitzel. Fritti misti in Neapel auf braunem Papier mit einem Stück Zitrone.
Halbierte Moro-Blutorangen, bereit, ausgepresst zu werden.
Eine Hand, die eine Banane hielt. Eine Kinderhand, die einen Krebs hielt. Eine andere Hand, die wieder eine Banane hielt.
Gebackener Fisch in Kopenhagen, bestreut mit Essigpulver, herrlich sauer, dazu Pommes frites und IPA. Später, im Designmuseum, ein Schaumsüppchen mit knackigen Erbsen, Muscheln und frischer Dille. Ein Glas Rhabarbersaft.
Käferbohnensalat.
Gebratener Tofu.
Die Krallen eines Täubchens.
Apfelschalen, Stängel, Kerne, übriggeblieben von der Kompottzubereitung.
Ein Foto eines Glases voll *Löwensenf*, aufgenommen beim Frühstücksbuffet in Hamburg.
Zwetschkenknödel bei Ida.

1 Banane

Eiswürfel

1/8 l Milch

1 Esslöffel Honig

Zimt nach Belieben

Wie ließe sich, was hiermit folgte, umschreiben, wollte man ausschließlich vom Essen sprechen? Vielleicht griffe man auf die naheliegenden Metaphern zurück, auf das Gelernte und Eingeübte. Auf die Äpfel, nach denen gegriffen würde, Kirschen, die gepflückt, Zitronen, die ausgepresst würden. Auf die großen, runden Melonen, die Birnen, die Trauben. Auf die Pfirsiche, die Bananen, die Maiskolben und die Melanzane. Auf die Nüsse und den Honigtopf, den Donut und den Lollipop. Auf Kuchen und auf sehr viel Sahne. Auf Milchshakes und Shots. Auf jede Art von Saft. Auf die Zigarette danach, würde man noch rauchen wie der Schweizer. Auf ein Stück Schokolade. Auf eine Praline mit einer gerösteten, sehr knusprigen Haselnuss in der Mitte. Das alles ließe sich auch wunderbar malen und auf Instagram ausstellen.

Aber klänge das nicht wie ein Euphemismus? Viel zu appetitlich? Müsste Sex nicht auch dreckig sein, so wie die benutzten Teller, bevor sie in den Geschirrspüler geräumt würden? Wie eine angebrochene Kekspackung, eine Spur von Bröseln hinterlassend, wie eine geöffnete Thunfischdose, aus der das billige Öl rinnen und Flecken hinterlassen würde auf dem Küchentisch? Wie ein Schluck vom ganz harten Fusel, der auch Übelkeit erzeugte? Wie ein herrliches Stück Rindfleisch, wie alles Gebackene, Gebratene, Frittierte? Wie das Essen in Wien?

Aus Gier nahm man zu viel, hat geschlungen, die Speise wie eine Beute hinuntergewürgt. Schwarz und schmutzig war das, dann wieder glänzend und rot. Eine cremige, dunkle Blutwurst, in Scheiben geschnitten, in der Pfanne geröstet, serviert mit warmem Sauerkraut, Wacholderbeeren und Kren! Gleich müsste man wieder an diese knallrot glasierten Äpfel denken, die es an den Ständen der Jahrmärkte zu kaufen gab. Sie schmeckten nie so gut, wie sie aussahen, auch das war eine Erfahrung, die gemacht werden musste.

Sex hatte immer auch mit Sprache zu tun, Resten von Sprache, Sprachverwandtem. Mit Sprechen, mit der Wahl der richtigen Reizwörter im falschen Moment und umgekehrt, mit Timing. Ein Spiel zwischen Nähe und Distanz, Anziehung und Abstoßung, Zärtlichkeit und Dringlichkeit. Er spielte sich auch im Kopf ab, in den Gedanken und Bildern, die wir uns machten. Er hatte mit Vorstellungskraft und der Lust am Spielen zu tun. Er war eine Form das Gesprächs mit anderen Mitteln. Sich auf das Gegenüber einzulassen und sich fallen zu lassen, darauf kam es tatsächlich an. Sich dem Rausch ganz hinzugeben, auf sich selbst zu achten, und auch sich selbst dabei zu vergessen. Zum Softporno dieser Beschreibung passte als Hintergrund Easy-Listening. Smooth-Jazz aus den achtziger Jahren, vielleicht *Winelight* von Grover Washington, Jr.

Die Kirsche zu pflücken, wenn sie reif war, ihr rotes Fleisch mit den Zähnen aufzuschlagen, mit den Fingern darin zu wühlen, den Saft der Kirsche zu trinken. War eine einzelne Kirsche nicht zu klein dafür? Nun gut, lasst uns eine Grapefruit wählen! Die Grapefruit zu pflücken, wenn sie reif war, ihr orange-rotes Fleisch mit den Zähnen aufzuschlagen, mit den Fingern ihre Spalten aufzuwühlen, den bittersüßen frischen Saft der Grapefruit zu trinken.
Wo pflückte man diese eigentlich? Angeblich in China, Vietnam und den USA, auf dem europäischen Kontinent in Spanien, Frankreich und Italien. Die Grapefruits wuchsen auf Bäumen, die auch im Winter immer grün waren. Man musste sich recken und strecken, um sie zu greifen, und sich auf die Zehenspitzen stellen. Es gab verschiedene Sorten, manche waren hell und grün, manche fast weiß. Manche innen gelb, roséfarben oder tiefrot. Manche enthielten Samen, manche keine. Sie waren ein wertvoller Vitamin-C-Lieferant, es läge also nahe, sie täglich zu konsumieren, sie mit bloßen Händen aufzureißen, in ihrem Fruchtfleisch zu wühlen, ihren honigsüßen, zitronensauren Saft zu trinken in gierigen Schlucken. The O'Jays sangen *Now That We Found Love*. Ein warmer, inniger Song.
Flecken überall, Grapefruit, Wein und Wachs.

1 Packung Kleenex

Als es diesmal läutete, stand wahrhaftig die Polizei vor der Tür. Sollten diese jungen Männer nicht schon längst zu Hause sein? Die Nachbarin von unten trug ein geblümtes Nachthemd und streckte den Kopf neugierig in Richtung des oberen Stockwerks. Die Katze Minka entwischte ins Treppenhaus, das man hier Stiegenhaus nannte. Wozu gab es diese vielen feinen Unterschiede, selbst innerhalb einer Sprache? Die Polizei hatte darauf gewiss keine Antwort. Bei den Amerikanern hieß es *Staircase* und bei der Nachbarin selbst *Klatka Schodowa*. Das Nachthemd der Nachbarin erinnerte die Gastgeberin an die Generation der Mütter und Großmütter. Heute trug man zum Schlafen nur ein T-Shirt und Boxershorts. Die Gastgeberin hatte sich den Overall wieder über die Schultern gezogen, den Reißverschluss am Rücken hatte der Schweizer geschlossen, der gleich hinter ihr über den Flur gelaufen kam. Nacheinander fanden sich die Gäste im Flur ein, alle trafen einander wieder, kicherten, tratschten leise miteinander und standen dort zur Unterstützung der Gastgeberin. Sind wir denn zu laut gewesen?
Ob sie die Wohnungsbesitzerin sei, wurde die Gastgeberin gefragt. Sie nickte stolz und zeigte mit einer ausladenden Bewegung ihres rechten Arms die Grenzen ihres Reiches auf. Und die Bananenkisten, fragte einer der beiden Polizisten streng. Die muss ich noch ausräumen, sagte die Gastgeberin kleinlaut. Sie hege

einen Widerwillen gegen das Bürokratische, erklärte der Partner der Gastgeberin und stand ihr zur Seite. Sein Hemdkragen trug Spuren von *Peach*. Nehmen Sie es nicht persönlich, tröstete darauf der Ehemann die Polizisten. Wir fahren auch lieber Streife, gaben diese achselzuckend zu.

Gleich hinter der starkbefahrenen Stadtstraße war meistens etwas los. In den letzten Jahren war dort rund um den Straßenmarkt, wo man hauptsächlich frisches Fleisch und Gemüse kaufen konnte, ein beliebtes Ausgehviertel entstanden. Neben türkischen und arabischen Familien wohnten dort viele Studierende, aber auch Künstlerinnen, Journalisten und Geschäftsleute. Wenn nachts die Bars und Cafés rund um den großen Platz am Ende der Straße geöffnet hatten, fuhr die Polizei im Schritttempo die kleinen Seitengassen ab. Bei Abu holten sie sich gern Kebab, bei Adnan diese Wraps mit scharf gewürztem Fleisch, Tantuni genannt. Suchte man Za'atar und Sumach, müsste man bloß die Stadtstraße queren und würde dort fündig.

Bevor die Polizei die Daten der anwesenden Personen aufnehmen hätte können, hatten diese in vorauseilendem Gehorsam begonnen, die Verhältnisse zu diskutieren. Die Gastgeberin wohne seit mehr als zwei Jahren hier, die Nachbarin kenne sie nicht, ausschließlich deren Katze. Im unteren Stockwerk fiel die Tür zu, die Nachbarin verschwand in ihre

Wohnung, wo sie sich wieder in ihr Bett legte mit geblümter Bettdecke, wozu man hier Tuchent sagte. Vor lauter Aufregung hatte sie, entgegen ihrer Gewohnheit, Minka ganz vergessen.

Der Herr neben ihr sei ihr Partner, sagte die Gastgeberin, der andere sei keineswegs sein Bruder und der dritte mit Sicherheit nicht ihr Liebhaber. Die Gastgeberin lächelte gespielt unschuldig. Die Polizisten hatten danach nicht gefragt, das lag auch nicht in ihrem Aufgabenbereich. Da halte ich mich heraus, rief sogleich der Schweizer und fuhr fort, dass die Ehefrau desjenigen, der nicht der Bruder des Partners der Gastgeberin sei, nicht seine Liebhaberin sei. Denn seine Freundin warte zu Hause, wohin er nun aufbrechen werde. Auch danach hatten die Polizisten nicht gefragt, doch die Würde ihres Amtes verlangte von ihnen, dem Schauspiel mit dem gebotenen Ernst der staatlichen Exekutive beizuwohnen. Der Ehemann schloss sich dem Schweizer an, auch er werde sich auf den Weg machen, er habe einen Säugling daheim. *Go Hawks*, motivierte er sich selbst zum Aufbruch, krempelte die Leinenhose hoch bis zu den Knien und nahm die Mokassins in die Hand. Die beiden Amerikaner waren ganz still geworden, von sogenannter Polizeipräsenz allzu beeindruckt.

Da blickten alle zur Ehefrau. Sie steckte sich langsam und demonstrativ die Haare hoch, zog eine Strähne heraus, die lässig in ihre Stirn fiel, richtete das knappe Kleid zurecht, sah den jungen Polizisten tief in die Augen und sagte dann, ruhig und bestimmt: Ich gehe jetzt nach Hause, meine Brustwarzen schmerzen. Die Polizisten zuckten zusammen, mit diesem Satz hatten sie nicht gerechnet, darauf waren sie in ihrer Ausbildung nicht vorbereitet worden. Die Ehefrau griff nach dem Lederbeutel von Vivienne Westwood, schlüpfte in ihre Stilettos, küsste jeden der Gäste einschließlich der Gastgeberin auf die Wangen und drängte sich zwischen den beiden Polizisten, die schockstarr an der Tür standen, nach draußen.

Die junge Polizistengeneration hinkte offensichtlich der jungen Malerinnengeneration bezüglich aufgeklärter Gelassenheit und Coolness hinterher. Erstens spukte die Mutterschaft als heiliger Mythos in ihren Köpfen, zweitens gingen sie beim Wort Brustwarzen sofort in die Regression, wollten wieder Kind sein und gehalten werden, drittens parierten sie ein Aufkommen ihrer verdrängten Bedürfnisse mit einer Gegenreaktion, die sich als Übersexualisierung ausdrückte. Was sie sich verbal während der Amtshandlung verkniffen, zeigte sich später, wenn sie frühmorgens ihre Dienstkleidung wechselten, auf den Postern und Zeitungsausschnitten, die ihre Spinde schmückten.

Selbstverständlich gab es auch bei den Polizisten Ausnahmen. Polizisten, in deren Köpfen keineswegs Mythen spukten. Polizisten, die nicht regredierten. Polizisten, die nicht vermittels Übersexualisierung ihre Bedürfnisse regulierten. Stattdessen Polizisten, die, im Gegenteil, eine reife, freudige und wertschätzende Sexualität lebten. Seit wann sagten eigentlich alle, dass man etwas, seinen Traum, sein Leben, lebte?

In aller Sachlichkeit und Kürze informierten die Polizisten, die sich wieder gefangen hatten und auch die anderen Bewohner des Hauses abklappern mussten, die Gastgeberin. Infolge eines Wasserrohrbruchs sei die Gasse überflutet worden, was sich bis in den Innenhof des Hauses bemerkbar gemacht habe. Man habe den Straßenabschnitt vom Thai-Spa oben an der Ecke bis zur Mezcal-Bar unten vorübergehend abgesperrt. Die Ingenieure der städtischen Wasserwerke seien beauftragt, die schadhafte Stelle zu finden. Die Gäste sollten bis zum Morgen abwarten, könnten aber bei Bedarf den Abschnitt auch zu Fuß passieren. Der Wasserstand betrage etwa zehn Zentimeter, das entsprach auch der Höhe der Absätze der Stilettos der Ehefrau, die allein davongestakst war.

Der Ehemann dachte an die Mahnungen von Vivienne Westwood und fragte die Polizisten, ob es sich bei Gebrechen dieser Art um Auswirkungen des Klimawandels handelte. Die Polizisten verwiesen auf das trockene Sommerwetter, die verdichtete

Erde, die Weitergabe von Erschütterungen durch den Straßenverkehr, den verstärkten Druck auf die Leitungen, die aufwendigere Instandhaltung der Rohre bei geringerem Niederschlag, die Brüche des Materials. Aber wissen Sie, sagten sie, viele der Rohre sind mittlerweile auch schon hundert Jahre alt. Sie haben bereits ein ganzes Jahrhundert getragen, können Sie sich das vorstellen? Die Augen desjenigen Polizisten, der vom Jahrhundert sprach, glänzten in Demut vor der frühen Ingenieursleistung und aus Begeisterung für die lange Haltbarkeit. Die Gastgeberin nickte. Sie konnte sich das mit dem ganzen Jahrhundert tatsächlich ein wenig vorstellen.

1 Flasche pflanzliches Speiseöl
1 Pfanne
96.000 Barrel Erdöl pro Tag

Als die Polizisten sich verabschiedeten, wollte ihnen die Gastgeberin die Ausgabe von *Der Verrat am Selbst. Die Angst vor Autonomie bei Mann und Frau* in die Hand drücken, aber die beiden lehnten dankend ab. Übrigens, sagte einer noch, Flecken auf der Kleidung würden sich durch das Tragen einer Schürze beim Kochen vermeiden lassen. Unabhängig davon, wer nun kochte, sie dachten da nicht in binären Strukturen. Kleiner Tipp der Polizei, Ihr Freund und Helfer. Stimmt, rief die Gastgeberin und klang dabei wie eine gute Tochter. *Thanks, Sheriff*, rief der Amerikaner, der unterdessen auch wieder seine alte Form zurückerlangt hatte. *We appreciate it.*

Das waren also zwei der Polizisten aus der Landespolizeidirektion gegenüber, die so gern am Fenster standen und rauchten. Im Haus nebenan waren die Pfadfinder untergebracht und eine Tür weiter die Betreuungseinrichtung einer Hilfsorganisation. Als es dort nachts einmal gebrannt hatte, waren alle das erste Mal gleichzeitig aufeinandergetroffen, die Nachbarinnen, die Polizisten, die Pfadfinder, die Feuerwehrleute und die Bewohner der Asylunterkunft, die hauptsächlich aus Syrien stammten, aus Somalia und aus dem Sudan. Die Flammen hatten meterhoch aus den Fenstern im dritten Stock geschlagen, unten waren die Menschen versammelt gewesen, hatten zugeschaut, ängstlich und aufgeregt,

und waren auch gleich wieder auseinandergetrieben worden. Später hatte man erfahren, dass beim Kochen eine Pfanne auf dem Herd vergessen worden war und das Fett darin zu brennen begonnen hatte. War man denn vor dem Krieg geflohen, um hier, ausgerechnet beim Kochen, zu sterben? Zum Glück war diesmal niemand in Gefahr geraten oder hatte sich verletzt, und auch die Brandspuren an der Hausfassade wurden im Lauf des Jahres beseitigt.
Okay, sagte jetzt der Amerikaner, breitete seine Arme aus und drückte die Gastgeberin zum Abschied kumpelhaft. *Thanks for having us*, sagte die Amerikanerin mit der Mütze über dem kurzen Haar. Das amerikanische Englisch klang oft so *casual* und unverbindlich. Da spürte die Gastgeberin etwas Warmes, das sich an ihre Beine schmiegte. Minka, rief sie freudig überrascht. Die Katze hatte sich unbemerkt in die Wohnung geschlichen, und die Gastgeberin beschloss, heimlich für sich, sie erst am nächsten Morgen zurückzubringen.
Der Amerikaner verabschiedete sich von allen anderen. Der Ehemann wirkte erleichtert. Wohin es als nächstes gehe? *Prague*, sagte die Amerikanerin. *City of Kafka.* So ein großartiger tschechischer Schriftsteller, fügte sie an. Seine Erzählung *Umělec v hladovění* habe er besonders gern gelesen, bestätigte der Ehemann, das Übersetzungstool der Internet-Suchmaschine auf seinem Smartphone geöffnet. Die

Amerikanerin sah ihn fragend an. *A Hunger Artist*, sagte er im Gehen, winkte noch einmal allen zu und verließ schnellen Schrittes das Haus.

Das rief nun auch den Schweizer auf den Plan, der sich dem Ehemann und den Amerikanern anschloss. Seine Freundin warte, hungrig sei er auch. Drei Küsschen in der Schweiz, nicht zwei. In seinem Goretex war er gut gerüstet für den Heimweg. Zu Hause würde er sich für sein *Znacht* etwas Hartwurst aufschneiden, ein Glas Rotwein trinken, ein paar Zigaretten rauchen. Alle wird er aufwecken mit seiner Rückkehr, die Nachbarn, die Katzen, seine Freundin. Diese wird ihm von ihren Sorgen, die Jobsuche betreffend, erzählen. Der Schweizer wird sie dann zu mehr Optimismus ermuntern. Er wäre schließlich betrunken genug, um wieder an Utopien zu glauben.

Okay, hatte der Amerikaner gesagt. Okay, dieses am häufigsten verwendete Wort der Welt! Okay. Es war ein Leichtes gewesen, zu gehen. Man musste heute nichts verabreden für später. Denn sie wussten, dass sie alle über Instagram oder jede andere Social-Media-Plattform bis ans Ende des Internets miteinander verbunden sein würden.

Leitungswasser
Gaskartusche

Nach dem Essen wusch deine Großmutter mit der Hand das Geschirr ab und dein Großvater lag auf einer Bettbank, um einen kurzen Mittagsschlaf zu halten. So ist es immer gewesen, erinnerst du dich daran?

Die Großmutter verwendete ein Wettex-Schwammtuch, das sie so lange benutzte, bis es keinen Grund mehr gab, es aufzuheben. Danach kam es in die sogenannte Waschküche, wo die Waschmaschine untergebracht war, und wo man sich nach der Arbeit den Dreck von den Schuhen putzte, mit einer Bürste und einem ausrangierten Wettex zum Beispiel.

Zum Abtrocknen des Geschirrs in der Küche gab es Baumwollgeschirrtücher, die Geschirrhangerl genannt wurden. Danach wurden die Teller, Holzbretter, Gläser, Tassen und das Besteck sofort wieder in die Küchenschränke geräumt.

In einer als Speis bezeichneten Vorratskammer neben der Küche befanden sich einige Marmeladen- und Gurkengläser, Mehl und geriebene Nüsse, alles, was trocken, kühl und dunkel gelagert werden musste und man gleichzeitig auch griffbereit halten wollte. Die anderen Lebensmittel, die nicht im Kühlschrank oder in der Brotdose aufbewahrt wurden, waren unten im Keller zu holen. Äpfel, Birnen und Zwetschken aus dem Garten, außerdem Kartoffeln, Honig, Schnaps und Limonaden.

Wenn dein Vater einmal das Geschirr abwusch bei euch zu Hause, war es meistens nur seine eigene Tasse. Es war eine sehr große, bauchige weiße Teetasse mit einem zarten blauen Rand und einer dazugehörigen Untertasse. Er presste dafür seine Stirn an den Küchenschrank, der auf passender Höhe über dem Spülbecken angebracht war. Die Füße hatte er etwas weiter hinten platziert, mit Abstand zur Küchenzeile, sodass er sich von dort aus mit dem gesamten Körper im spitzen Winkel leicht nach vorne lehnen musste, um seine Tasse zu waschen. Er wusch sie immer mit kaltem Wasser und ohne Geschirrspülmittel, und er rieb sehr lange mit dem Scheuerschwamm daran. Vielleicht dachte er währenddessen über verschiedene Dinge nach, denn er wirkte immer allzu versunken in seine Tätigkeit.
Als Kind solltest du manchmal beim Tischabräumen helfen, beim Geschirrabwaschen oder beim Abtrocknen. Ein Geschirrspüler, den es in eurer Küche bereits gab, wurde nicht verwendet. Du warst einundzwanzig Jahre alt, als du das erste Mal mit einem jungen Mann in eine Wohnung, eine Art Wohngemeinschaft, gezogen bist. Seit dieser Zeit hast du immer einen Geschirrspüler besessen, auch in jenen Wohnungen, in denen du später alleine gewohnt hast.
Du hattest als junge Frau früh eine Kaffeemaschine, einen Toaster und einen elektrischen Teekocher.

Danach ergänzte bald ein Trinkwassersprudler den überschaubaren Haushalt. Ihr habt euch einen Holzkohlegrill angeschafft, der nach der Trennung in den Besitz deines nunmehrigen Ex-Freundes übergegangen ist. Einen Sommer lang hattet ihr auch in einem Kessel über offenem Feuer in einem Garten gekocht. Man saß abends in der Runde beisammen und hat geredet oder einem Menschen geduldig zugehört, der lange Monologe gehalten hat über die Frage, wer eigentlich den Jazz nach Europa gebracht habe.

Eine Mikrowelle hast du nie verwendet, bis du in deine neue Wohnung gezogen bist. Einen Dampfgarer, einen *Thermomix*, eine Fritteuse oder eine Teigknetmaschine benötigtest du ebenfalls nicht. Einen Tiefkühler hattest du dazwischen für einige Jahre auch nicht.

Du hast dir beim Einzug in die neue Wohnung eine Pfeffermühle aus poliertem Edelstahl gekauft, ein Entwurf von Michael Graves aus den achtziger Jahren für *Alessi*, mit blauen Flügeln, die man manuell drehte, und einer roten Kugel an der Spitze, die den Mahlgrad bestimmte. Außerdem hast du Besteck gekauft, das sich *Mono A* nannte, ein Patent des Designers Peter Raacke aus den späten fünfziger Jahren, das aufgrund seiner minimalistischen Form erst in den siebziger Jahren so richtig in Mode gekommen ist.

Du griffst im Drogeriemarkt stets zu Spülmitteln, die damit warben, aus pflanzlichen Stoffen und abbaubar zu sein, du kauftest manchmal Topfreiniger und Spülschwämme aus Recyclingmaterial. Du hast dir auch eine Topfbürste aus Holz und Pflanzenfaser zugelegt, die du dann allerdings nur selten benutzt hast. Du besitzt sogar ein Bienenwachstuch, in das man Brot einwickeln kann, Speisen bedecken, Gefäße abdichten. Du müsstest es nur aus seiner hübschen Kartonverpackung nehmen und endlich einmal verwenden. Aber wer dachte schon im rechten Moment daran?

3 Teelöffel Zitronenverbenetee
½ Liter heißes Wasser

Hätte der Amerikaner bei der Verabschiedung etwas anderes sagen können? In einer Sprache, die man auf der ganzen Welt verstünde? Die Gastgeberin dachte zuerst an das Wort Liebe, gleich gefolgt vom Wort Tee oder Chai. Fast überall verstand man beides.

Ihr fiel ein, dass der Barkeeper in der Bar in der Innenstadt ihr einmal erzählt hatte, dass die Französinnen am Ende eines Abends gern eine *Verveine* zur Verdauung und Entspannung bestellten, einen Tee aus Verbene, auch Eisenkraut genannt. Das wollte sie jetzt für sich und ihren Partner auch machen. Eine Tasse Verbenetee. Ein Kräutertee war eigentlich kein Tee, sondern eine *Tisane* oder *Infusion*, ein Auszug. Tee bezeichnete schwarzen, weißen oder grünen Tee, einen koffeinhaltigen Aufguss aus Blättern. Das westliche Europa sprach von Tee und hatte das Wort in seiner südchinesischen Aussprache übernommen, wohingegen im Osten Europas und in Russland, der Türkei, in Indien, Persien, aber auch in Portugal das ursprünglich hochchinesische *Cha* überwog.

Ein Glas Verbenetee stand dafür, dass Ruhe einkehren durfte und Vernunft. Der Partner der Gastgeberin hatte sich erschöpft in einen der Stühle in der Küche fallen lassen, und der Stuhl blieb sogar stehen und trug ihn. Die Gastgeberin räumte die Teller in den Geschirrspüler, die Schüsseln, die Schalen und die Gläser. Gut, dass sie nun nach Hause gegangen sind, sagte ihr Partner. Ja, sagte die Gastgeberin. Aber schön war es auch. Er erhob sich, holte die Servietten vom Esstisch im Arbeitsraum, sammelte die benutzten Eisstäbchen ein, kehrte die Brösel zusammen, wischte den Esstisch mit einem trockenen Tuch sauber. Dann kam er zurück und kratzte die eingebrannten Reste der Quiche aus der Tarteform und ließ im Spülbecken Wasser darüberlaufen. Die Wasserversorgung im Haus funktionierte wie an anderen Tagen auch. Von der Gasse her hörte man den Lärm, den die Sanierungsarbeiten der Wasserwerke verursachten. Langsam wurde es draußen hell.

Ich erinnere mich, erzählte die Gastgeberin, dass wir in den achtziger Jahren als Kinder ständig mit dem konfrontiert wurden, was man damals Umweltschutz nannte. In der Schule und in den Kinderbüchern. Bei einem Workshop hätten sie beispielsweise gelernt, wie man die schadstoffhaltigen PVC-Folien von anderen Kunststofffolien unterscheide. Und wie ging das, fragte ihr Partner. Man sollte beides zusammenknüllen, das eine blieb ein Knäuel, das andere öffnete sich wieder. Es war damals viel die Rede vom Vermeiden, Sammeln, Trennen und Wiederverwerten. Irgendwann wurde es aber beinah aufgegeben. Damals habe sie sich mit ihren Zukunftsängsten oft allein gefühlt, heute sei sie der Beschäftigung mit dem Weltuntergang etwas

müde geworden. Der Partner der Gastgeberin war ein paar Jahre älter als sie. In seiner Generation habe man kaum von Klimawandel gesprochen. Heute sehe er die Kinder und die Jugendlichen, die auf die Straße gingen, und könne sie verstehen.
Bill Withers sang *Grandma's Hands*. Die Gastgeberin drehte die Musik ab, ihr Partner räumte das Besteck in den Geschirrspüler. Ein Besteckkorb im Geschirrspüler sei praktischer als diese Besteckschublade, beschwerte er sich. Man musste die einzelnen Messer, Gabeln und Löffel mühsam der Reihe nach in die Lade einsortieren. Tabs oder Pulver? Die Gastgeberin schaltete das Eco-Programm ein, das mehr als drei Stunden durchlaufen würde. Sie liebte das gleichmäßige Meeresrauschen des Geschirrspülens.
Kennst du diese alte Kampagne von Vivienne Westwood? Auf dem Smartphone zeigte die Gastgeberin ihrem Partner die Fotos der vielen Prominenten. Sie trugen T-Shirts der Designerin aus ungebleichter Baumwolle. Darauf gedruckt war die Aufschrift *Save the Arctic* und die Erde in Form eines Herzens, versehen mit einer Flagge, deren Schaft mitten in die Arktis gepinnt war. Die Bilder hatten etwas Befremdliches. Man sah Vivienne selbst, außerdem George Clooney, Rihanna, Kate Moss oder Jerry Hall. Jerry Hall sollte sich lieber um Rupert Murdoch und *Fox News* kümmern, ätzte der Part-

ner der Gastgeberin. Und hier war Sharon Osbourne zu sehen! Fergie, Pamela Anderson, Naomi Campbell. Man musste sich fragen, was ausgerechnet diese Menschen je zur Rettung des Klimas beigetragen hatten. Pierce Brosnan!
Und hier war ja auch Julian Assange. Wie hatten sie Julian Assange in dieses T-Shirt stecken und fotografieren können? Damals, als er um politisches Asyl angesucht hatte und bereits in der ecuadorianischen Botschaft in London wohnte? Fuhren die mit diesem T-Shirt und dem Fotoequipment zu ihm? Und trug er dieses T-Shirt dann bei seinem Workout, seiner Arbeit, beim Skateboardfahren, beim Schlafen? Beim Verzweifeln? Bei all dem, was man später in den Videoaufnahmen der Nachrichtendienste sehen konnte?
Stella McCartney! Vanessa Redgrave! Dass Vanessa Redgrave überhaupt T-Shirts trägt, rief die Gastgeberin entsetzt. Und da war ja auch Hugh Grant auf einem Foto im T-Shirt mit dieser Aufschrift zu sehen. Dein Hugh Grant, fragte der Partner die Gastgeberin. Mein Hugh Grant, lachte sie.

1 Schwamm
1 Geschirrtuch
1 Handspülmittel, sensitiv

Die Gastgeberin war froh, dass ihr Partner noch da war, nachdem die Gäste gegangen waren. Er war nicht nur ihr Partner, er war auch ihr Liebhaber, und er war ein wirklich guter Freund. Wenn er hier war, war es meistens ruhig, friedlich und schön. Sie konnten gut miteinander sprechen und lachen, fast immer. Tut mir leid wegen des Geschirrtuchs, sagte er jetzt.

Die Gastgeberin lachte. Was sie bloß so verunsichere an diesen Einladungen? Man müsse eben in Übung kommen, sagte ihr Partner, der selbst nicht in Übung war. Auf den Bildern sehe es so einfach aus. Als würden sich alle so leicht tun mit dem Leben, mit dem Genuss, mit den Freundschaften. Es habe wohl auch damit zu tun, wie man aufgewachsen sei. Und wer in der Familie einmal welche Aufgabe übernommen habe. Die Gastgeberin nickte müde und ein wenig traurig.

Dabei konnte sie zufrieden sein. Instagram zeigte sie glücklich auf einem Gruppenselfie mit sechs anderen Menschen, die allesamt aussahen wie Kätzchen, die Weingläser in die Kamera hielten. Betrunkene Tiere mit flauschigen Ohren, rosa Nasen und Schnurrhaaren. Die Amerikanerin hatte es online gestellt, *Hashtag: Cat Filter*. In den Kommentaren unter dem Foto waren Herzchen zu finden, bewegte GIFs mit verrückten Katzen und Filmchen mit Katzen, die auf Mauern sprangen und von Schaukeln fielen.

Wie hatte das angefangen mit all den Katzen im Internet, und würde es jemals aufhören? Möchtest du Minka nicht zurückbringen, fragte der Partner die Gastgeberin. Die Nachbarin suche sie sicher schon. Bald mache sie das, versprach die Gastgeberin. Nur noch ein Weilchen. Sie drückte die Katze an ihre Wangen, hielt sie fest und streichelte sie.
Allein die Vorbereitung mache sie nervös, sobald sie jemanden eingeladen habe. So viel könnte schiefgehen. Man sei auch weiterhin mit den Erwartungen an die Rolle konfrontiert, und mit den eigenen Bildern der sogenannten Hausfrau im Kopf. Beim Kochen hole einen die Herkunft ein, die guten wie die schlechten Erinnerungen. Der internationale Koch habe es da wohl leichter. Wenn er einen Kochlöffel in die Hand nehme, werde der zum Zepter seiner Selbstbestimmung und seines Erfolgs. Mit leichter Hand streue er Unmengen frischen Thymians vor dem Backen über sein Fladenbrot.
An den Gegenständen haftete der Selbstentwurf, die Einbindung in die Gesellschaft. Die Familienverhältnisse, das Sich-Lossagen und das Erinnern und Nicht-Loskommen. Die Ablehnung von Rollen und die Suche nach anderen Rollen. Wo der einzelne Mensch sich vielleicht frei fühlte von diesen Zuschreibungen, wo er die Herkunft, einem Versprechen von Autonomie und Gestaltungsmöglichkeit anhängend, gleichsam überwunden hatte, da

trugen die Dinge, und mit ihnen der gute und der schlechte Geschmack, wie eine viel zu späte Erinnerung die Geschichte von Aufstieg und Fall mit sich. Eigentlich konnte nur der Crémant einen über den Schmerz dieser Einsicht hinwegtrösten.

Sind das nicht aus der Mode gekommene Begriffe? Aufstieg und Fall? Und andere Wörter viel zu modisch? Herkunft und Selbstentwurf? Ließ sich so noch über Gesellschaft sprechen? Die Kochlöffel, Mixer und Induktionsherdplatten in unseren Küchen waren davon nicht abzulösen, je nach Beschaffenheit und Material verlangten sie nach Handwerk oder nach Dienstpersonal, nach technischen Kenntnissen oder digitalem Know-how. Die Objekte waren verbunden, untereinander und mit den Bewohnern und Nutzerinnen, mit uns.

Was ist Kultur? Jahre später sahen wir uns die Fotos dieser Wohnungen an, wie die Esszimmer eingerichtet und die Küchen ausgestattet waren, was die Menschen an Kleidung getragen haben. Wir prusteten los beim Betrachten der Bilder, wie lächerlich haben wir ausgesehen, und wie waren die Speisen angerichtet und dekoriert! Wir lachten darüber, wie lange war das alles her, heute nicht mehr vorstellbar, fremd waren wir uns selbst schon nach ein, zwei Dekaden. Wir gingen ins Museum und wunderten uns oder bewunderten etwas. Wie aufwendig die Torten damals gemacht worden sind! So verging die Zeit.

2 Tassen Kaffee
mit Milch
ohne Zucker

Als der Morgen in den Vormittag überging, läutete es an der Wohnungstür. Die Gastgeberin sprang vom Sofa im Esszimmer auf, wo sie eingeschlafen war. Auf dem Kissen, das man hier Polster nannte, lag eine Katze und schnurrte im frühen Sonnenlicht, das durch die geöffneten Fenster hereinfiel. Es war Sommer, und unten in der Gasse hörte man ein Skateboard vorbeirollen, die Autos fahren und hin und wieder das leise Klingeln und Fluchen der Lieferanten auf ihren Elektrobikes.
Vor der Tür stand die Nachbarin von unten, die ihre Katze gesucht hatte und froh war, dass sie sie nun wiederfand. Minka lief durch das Treppenhaus vor in Richtung der Wohnung der Nachbarin. Sie wusste ganz genau, wo sie hingehörte. Die Nachbarin verabschiedete sich rasch und lief Minka hinterher. Ein goldenes Döschen mit Fleischpastete ohne künstliches Aroma, Farbstoffe und Konservierungsmittel wartete auf sie. Miau, maunzte Minka und schleckte gierig die Dose aus.
Die Gastgeberin legte sich aufs Sofa zurück, während ihr Partner versuchte, Kaffee zu machen im Espressokocher von *Alessi*. Er rief hilfesuchend nach ihr. Die Benutzung war eigentlich einfach, man musste es, zugegebenermaßen, aber einmal gesehen haben, wie die Kanne sich öffnen ließ, um das Sieb für das Kaffeepulver herauszunehmen und Wasser einzufüllen. Die Gastgeberin ging in die Küche

und schraubte den Espressokocher auseinander und wieder zusammen. Dann setzte sie sich an den Tisch und wartete dort, bis das heiße Wasser nach oben stieg und mit Druck durch das Kaffeesieb gepresst wurde. Laut brodelnd und zischend sprudelte es in den oberen Teil der Kanne. Gegenüber in der Landespolizeidirektion lehnten an einem der Fenster zwei junge Polizisten und rauchten Zigaretten.

Die Gastgeberin goss Milch in ihren Kaffee und nahm einen Schluck aus der henkellosen Tasse. Eine Keramikerin hatte sie, nicht ganz regelmäßig, geformt und mit hellen Farben glasiert. Lachende Gesichter waren auf den Tassen zu sehen, minimalistisch gezeichnet und bloß angedeutet. Die Gastgeberin stimmten die Tassen am Morgen zuversichtlich. Sie wohnte erst seit kurzem in dieser Wohnung und in diesem Bezirk, und sie plante, ihre engsten Freunde zu einem Abendessen einzuladen.

Sie schwärmte ihrem Partner gegenüber von einem sommerlich gedeckten Tisch. Von einer einfachen Quiche, einer Flasche Crémant, von Jazzmusik und Wiesenblumen in Vasen. Sie würde das Ehepaar einladen und den Schweizer mit seiner Freundin. Vielleicht auch ein paar andere, mal sehen. Zuerst würde sie aber die Bananenkisten ausräumen, die seit dem Umzug noch im Flur herumstanden.

Thea Mengeler

Nach den Fähren

Roman

175 S., geb.,
Schutzumschlag
ISBN 978-3-8353-5585-9

»Vielleicht morgen, sagt der Hafenwärter. Vielleicht kommen die Fähren morgen wieder.«

»Wie Thea Mengeler Worte für die Fragen nach dem Sinn des Seins findet, ist atemberaubend: so karg und schön wie die Insel, die aus ihren Worten entsteht. So still, so klug, so kunstvoll. Eine nahezu perfekte Allegorie auf das Leben.«

Jürgen Deppe, NDR »Buch des Monats«

Teresa Präauer

Oh Schimmi

Roman

208 Seiten, ISBN 978-3-442-71670-8

Ein Buch über den Affen im Menschen, gemacht aus den Bildern und Codes unserer Gegenwart

Oh Schimmi! Wie kann einer sich bloß derart zum Affen machen? Sich so blöd anstellen beim Zappen durchs Fernsehprogramm und auf seinen Wegen durch die Bars und Nagelstudios der Großstadt? Ständig auf der Suche nach dem nächsten Kick, immer am Anbaggern und Aufreißen, meistens im falschen Augenblick unterbrochen vom Handyläuten der eigenen Mutter. Aber vor allem auf der Suche nach der einen Liebe, der Ninni, die gleich in Sichtweite lebt, im benachbarten Wohnhausturm ...

»Großartig, genial, einzigartig.«
Swantje Karich, Die Welt

Teresa Präauer

Tier werden

112 Seiten, ISBN 978-3-442-71910-5

Wie blickt der Mensch auf das Tier?
Wie blickt das Tier zurück?

Eine Sammlung von zotteligen Figuren hat Teresa Präauer in ihrem Essay zusammengetragen – von mittelalterlichen Fabelwesen bis zu den kostümierten Furries der Subkultur. Immer geht es um das »Tier werden«, Formen des Übergangs, der Verwandlung, des Aus-der-Art-Schlagens. Ein Vorgang, den sie nicht nur mit Blick auf Kunst, Kultur, Film und Mode beschreibt, sondern auch anwendet auf das Schreiben und Lesen selbst. Denn beim Schreiben gerät die Sprache an menschliche Grenzen, beim Lesen verwandeln wir uns.

»Teresa Präauer ist eine Ausnahmeerscheinung.«
Ulrike Sárkány, NDR

btb